濁口溪

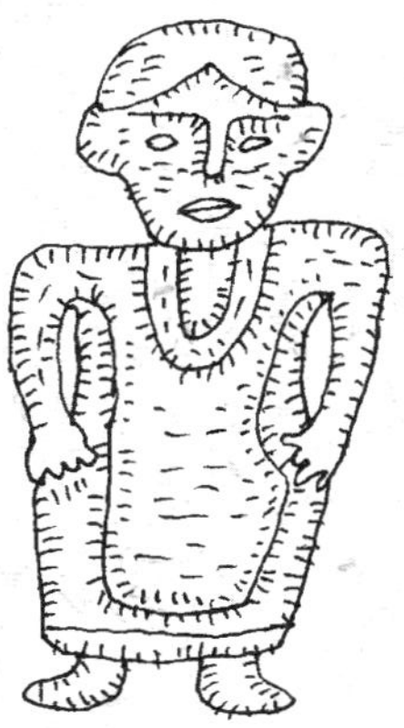

楠梓仙溪

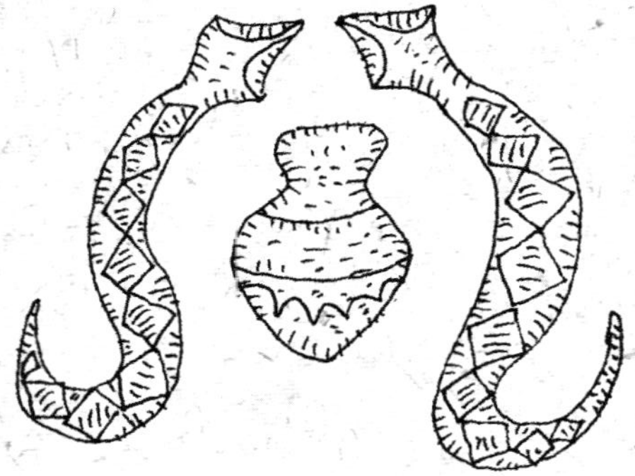

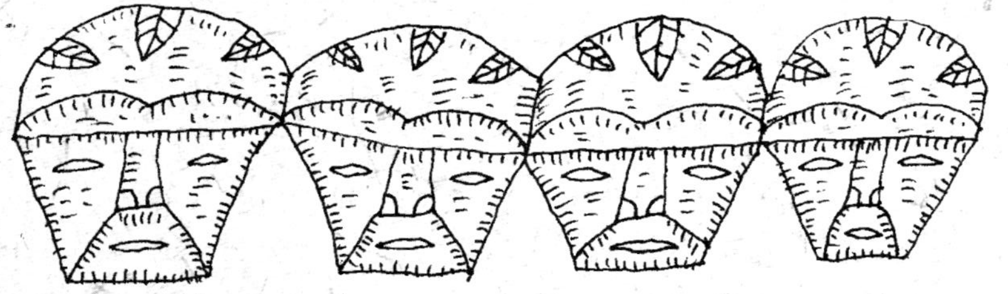

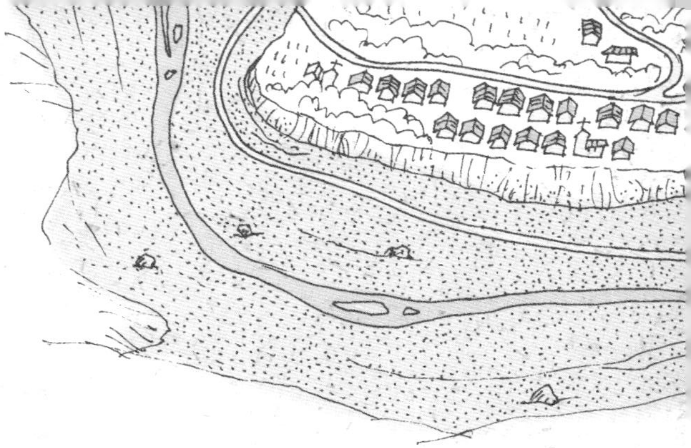

市長序

以愛與詩 譜成撼動天地人心的安魂曲

2009 年 8 月 8 日，狂風暴雨襲擊南台灣，山區天崩地裂，原住民部落被一夕沖毀，部分村莊則被砂石無言覆蓋。歲月悠悠，風災轉眼過了三年。一千多個日子以來，在政府與民間日日夜夜共同胼手胝足打拚之下，被沖毀的橋樑，重新以新貌聳立在河流兩岸，串聯起地方彼此之間的緊密血脈。當年被風雨震驚的災民，更收拾所有心情，為重建家園而奮起。

但是面對天地之間的無情，人們內心對大自然強大反撲力道的忐忑不安，始終是重建行列裡所欠缺的最後一塊拼圖，最末一絲一縷的心情遺憾。為了彌補這些缺憾，文化局邀請大高雄 16 位詩人，沿著濁口溪、荖濃溪、楠梓仙溪等三條溪流，深入踏訪災區最深處，觸及災區裡受創的身心，親眼目睹天地之間的殘缺，更印證大高雄人在默默重建的厚實身影。

如今這 16 位詩人書寫成的近百首詩作，不但即將付梓出版，更譜成天地裡最撼動人心的安魂曲，療癒和撫慰浮動受創的人心。這些詩作廣泛記錄災變的始末，重建的艱辛，對生態人文的深刻反思，更描繪災民們愈挫愈勇的心路歷程。這些作品都是詩人們，真真實實走入災區，面對殘岩危石，見證災區銳變後的聚落風貌，一筆筆蘸寫著災區裡沉澱出的生命汁液，創發出鏗鏘有力的詩行歌吟。

事實上，在莫拉克風災過後，因地球暖化而造成的全球災難風潮，並沒有停止它的腳步，異常氣候、地震、海嘯等天然災難，仍然肆虐我們生存的地球。台灣是全球村的一分子，當然無法逃躲這樣的命運。我們在風災裡所學習到的教誨，都即將成為生命裡最寶貴的經驗。詩人們如今以愛與詩行，撫慰眾人的魂靈，讓大家擁有更豐沛的力量，持續往前邁進，不再畏畏縮縮，不再瞻前顧後。如同詩集裡〈那瑪夏達卡孥娃〉一詩所說「苦難是痛楚的／花是美麗的」。苦難終必過去，它在每個人心裡都綻放著美麗的果實。

在此感謝所有詩人的參與，感謝上天的祈福，感謝災區民眾持續向前的動力，還有感謝所有協助災區的團體與個人，他們無私的奉獻。只有以愛為名，以詩為最強大的原動力，點燃大家心靈深處的愛與信心，我們將不怕任何艱辛萬難，永續在台灣這塊土地上勇敢前行。

高雄市長 陳菊

局長序

文學從災後大地孕育新生命力

去年日本 311 地震後，電影明星渡邊謙感性地朗誦日本詩人宮澤賢治作品《不輸給風雨》，該詩文字樸實真摯不煽情，並有撫慰人心、激勵振作再起的力量，故被廣為散播流傳。「文學」在巨大災變中始終扮演著重要角色，它可以作為史料研究素材，就如 1705 年孫元衡（時任台灣府台灣縣知縣）在《暑中書所歷》的記載「地能簸蕩沙能沸，風最顛狂雨最慳」，是台灣最早的「地震詩」文字記錄。且「災後文學」已成為一種文學類型，無論是戰爭或天災，透過文學的精神昇華與藝術轉化，安慰著許許多多受創未平的心靈。1995年日本神戶大地震後，村上春樹書寫「地震之後」系列文章集結成《神的孩子都在跳舞》；電影《唐山大地震》的原著小說《餘震》是張翎為 1976 年唐山大地震所寫的創作；2008 年汶川大地震，作家高誠深入四川災區長時間採訪，完成報導文學作品《生死吟》。古今中外，文學都有著積極關照內心深層面的人道思維。

2009 年莫拉克颱風（八八水災）重創台灣，造成的傷亡為史上最多，南台灣尤其慘重，甲仙的小林村幾盡滅村。在災後三週年之際，高雄市文化局邀集高雄文學作家，分別從濁口溪流域（茂林、多納）、荖濃溪流域（六龜、寶來、桃源）、楠梓仙溪流域（甲仙、那瑪夏）三條路線實地踏訪，與居民互動，以文學家的感知與藝術手法的轉化，呈現高雄在風災後的人文與地景風貌變化，特別是居民內心隱而不顯的情感面向。藉由文學，讓閱讀者產生同情共感的情感觸動，不分彼此、不分地域、不分種族，對於他人的痛苦不再只是旁觀者的角色，災害讓我們面對共同的艱難，凝聚生命一體的同舟共濟感，重新省視人與人、人與土地的情感連結關係。

上述三條路線的水域，也是大高雄重要的溪流水文，孕育著豐富的山林資源、時蔬農產、族群人文，期盼經由這本《有詩同行──莫拉克風災文化重建詩集》的出版，讓文學引領我們用更謙卑的心去了解與尊重自然，認識高雄水文流域的深度人文風貌。文字將在災後的大地中發芽，孕育出嶄新的生命力。

高雄市政府文化局局長

荖濃溪

斷 標記當時莫拉克風災因洪水或土石流而阻斷的交通地點。

序說

茗濃溪之歌

文 / 李魁賢

台灣詩壇普遍來講，社會意識比較薄弱，白色恐怖的陰影內在化進入潛意識，造成詩以修辭技巧為主導，加上霸權詩人的御用心態，挑故意封鎖社會性明顯、強烈的詩作發表機會，形成台灣詩壇以外客壓倒在地的無正常現象，真難由詩檢討台灣社會現狀或者變化。

但關心或者堅持以社會現實觀點寫詩的詩人，猶原真多，個別注目的層面常常因為經驗上接觸的機會，將家己的心意，借用外在的現象處理，留在創作的記錄內底，會使得在歷史上受檢驗。

這次高雄市文化局相招一寡詩人，進入去 2009 年莫拉克颱風造成災難的山區，觀察復建進度，佮現地居民接觸、瞭解當時實況、處理過程、伊等的感受、現時實際情形，透過詩作，表達詩人親入境界，體會人民心情，展示詩人對受災地區民眾的關懷，轉去時事原點，用詩記錄社會的真實聲音。

高雄市文化局按排三條路線，分別進入無共款的山區體驗。順茗濃溪，由六龜、寶來、勝和到桃源社區勤和部落，這條路線有六位詩人作伴，還有局內專員領隊，復有翕相專家、導覽專職人員，一路照顧，在 11 月 10 和 11 日，兩工一暝的密集行程中，訪問未少的社區，詩人感受真深。

每一位詩人完成至少五首詩作，大約統保持各人一向寫作風格，有的詩直接寫出社會現實，有的偏向景觀描寫；有的用精鍊語辭，採取意象、比喻的風格表現，有的以豪爽的語言直沖；一部分詩人注家己的詩，用組詩的名稱作題目，全部詩人作品湊陣， 聲音有高有低，語調有輕有重，節奏有緊有慢，茗濃溪之歌遂親像一首大眾交響樂，留在有情的人心內流傳。

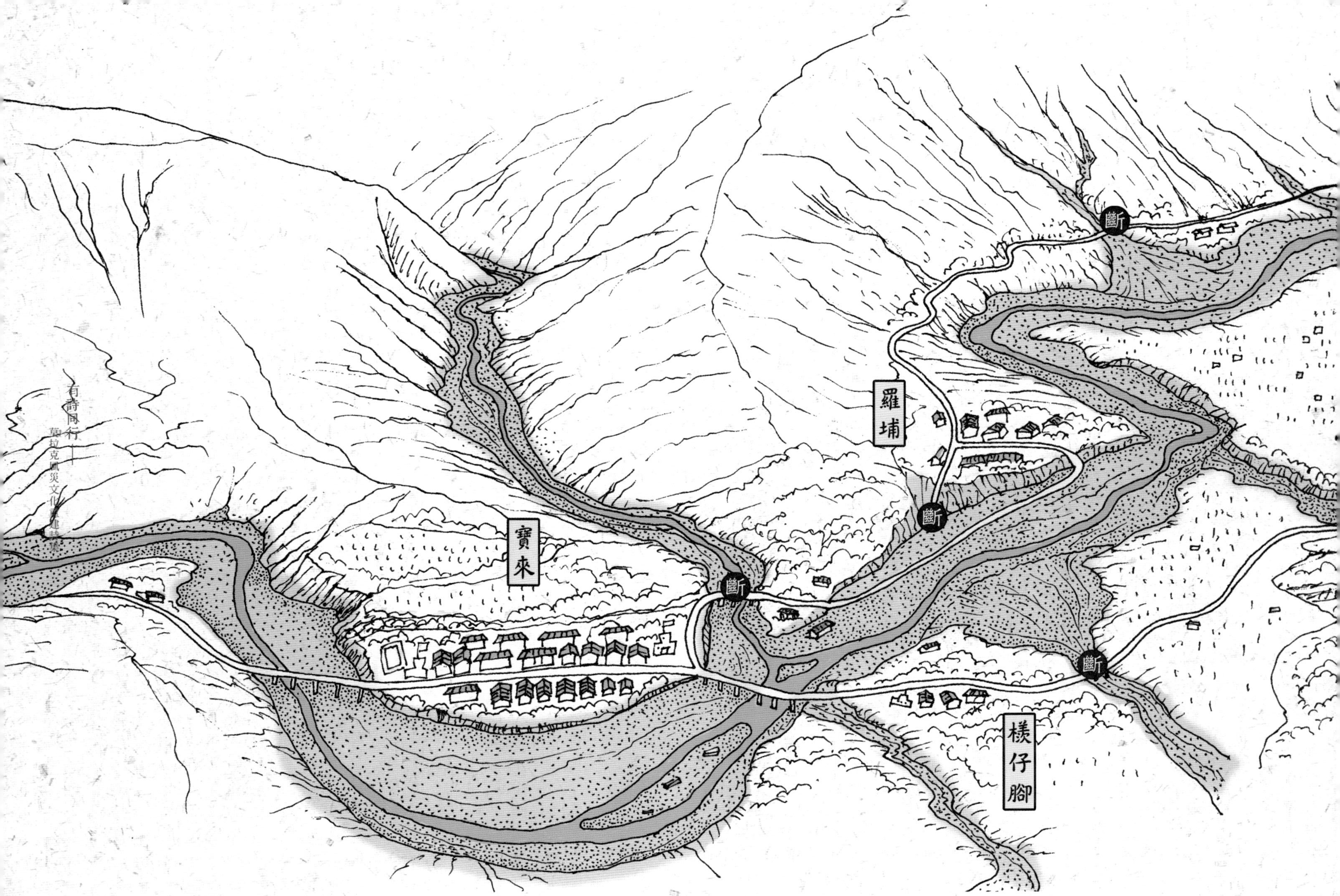
寶來
羅埔
斷
斷
斷
斷
檨仔腳

復見重生的心

記憶停格

李昌憲

記憶停格在每個人腦海
莫拉克裙搖尾擺
連續兩天傾盆大雨
兩千公厘的雨量
將南台灣泡在水裡

潰堤的洪流襲奪
居民的生命財產
許多人不敢睡
看見大自然反撲
破壞性的毀滅力
災情不斷傳出

荖濃溪流域
桃源區勤和部落
六龜區新開部落、新發部落
山崩土石流掩蓋民宅
大水直逼十八羅漢山
遊憩中心整個被沖走
寶來溫泉區山崩
街上盡是土石漂流木

楠梓仙溪流域
甲仙橋被沖走情況危急
小林村整個部落不見了
旗山潰堤土石大量堆積在市區
旗尾橋旗山新橋都被沖斷
鳳山寺土石埋遊覽車
濟公活佛陪著香客
渡過恐懼漫長的一夜
人間的苦難記憶停格

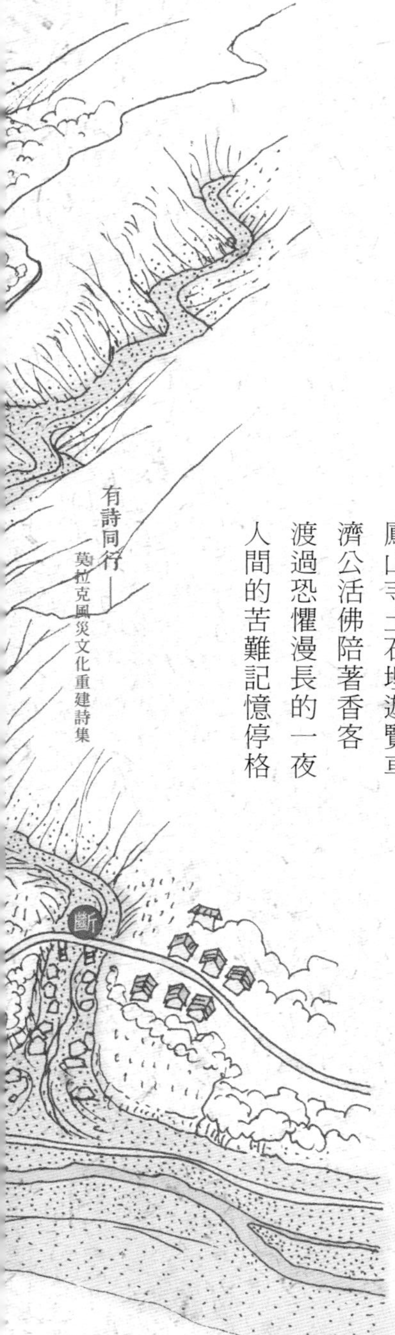

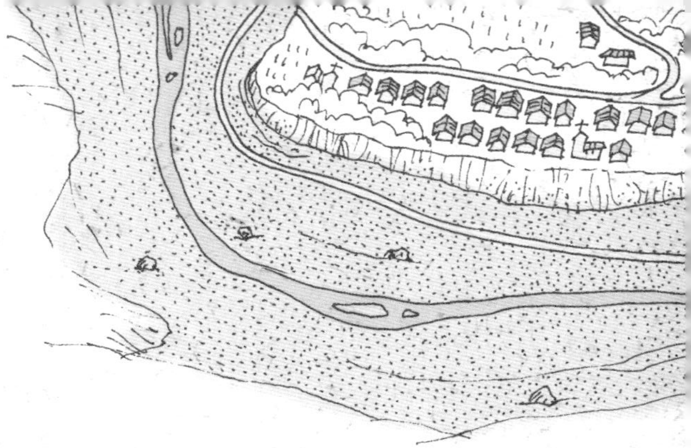

勤和避難屋

李昌憲

曾經是心中的桃花源
好山好水好地方
當我們撐傘走過桃源區
親臨莫拉克風災現場
荖濃溪的水一樣流
居民說：現在是
窮山惡水好恐怖

山的傷口仍光禿怒目
受創嚴重的勤和社區
整理岩石構成的台地
用紅十字會的補助款
新建避難屋數幢
志工們養一群雞幾隻狗
果園菜園分布其間

這裡山與山互相比高
水龍滔滔吟唱
不知什麼時候
自然界又猛力出手
開人類一個玩笑
未來如果天災地變
就到避難屋

小愛新居

李昌憲

似遙遠而又貼近
巨變占據人生
偶爾還會在睡夢中
聽見山崩巨響
土石泥流狂嘯
驚嚇逃命中
呼喊親人名字

手中空無一物
濕透顫抖的身軀
在風雨中流淚等待
天亮有人來救援
天亮看見
家園不見了
親人不見了
這一夜失去所有

老嫗的淚已經流乾了
剩下在都市工作的小兒子
現在和她住
在小愛新居
她已經習慣
每天站在門口
等待

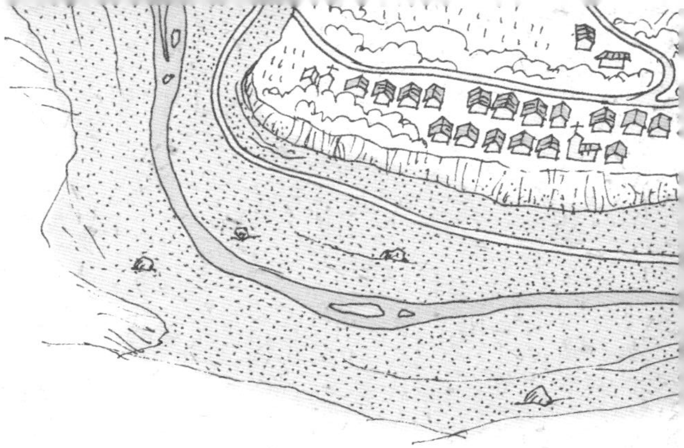

牛犁歌陣頭

李昌憲

劫餘的小林村民
搬入小愛新居
要為生存找活路

我們從訪談瞭解
他們想組織牛犁歌陣頭
重新翻犁心中
最熟悉的慶典

有人掌牛頭、握犁頭、牽牛
雙人掌旗、小旦成雙、老公、老婆
主唱、二胡、月琴、竹簫配音
組成牛犁歌陣頭

藉著宗教慶典的力量
復原心靈的創傷
將居民團結作伙
逗熱鬧的生命故事

五里埔小林社區裡的平埔族公廨

小米夜祭供奉台

五里埔·小林第二期永久屋社區

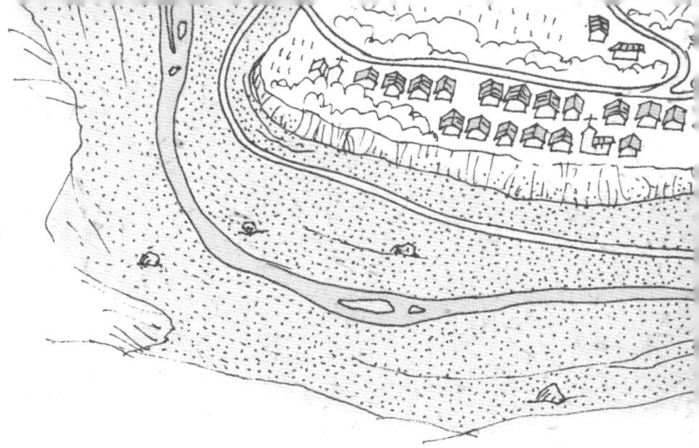

復見重生的心

李昌憲

路毀了
我們手牽手
走過

橋斷了
我們心連心
向前

回家的路
距離這麼近
卻又那麼遙遠

小孩哭鬧
要回家睡覺
是永遠回不去了

重建的路
想像很容易
其實困難重重

莫拉克災後兩年多
見證人間事
沒有那麼簡單

路毀
修補工程
現在進行式

橋斷
興建工程
現在進行式

路與橋暢通
人與人溝通
復見重生的心

二〇一二年十二月十、十一日 重返莫拉克災區
二〇一二年十二月十四、十五日 寫於高雄觀海樓

六龜龜王岩

作家簡介

李昌憲，現居高雄市，曾服務於楠梓加工區某上市電子公司，已於部經理任內退休。現為自由寫作（詩、散文）與創作（篆刻、石雕、陶藝、攝影），高雄市街頭藝人，每週六在文化中心藝術市集設攤。一九八一年六月出版第一本詩集《加工區詩抄》，並於一九八二年獲〈笠詩獎〉。其他出版詩集《生態集》、《生產線上》、《仰觀星空》、《從青春到白髮》《台灣詩人群像・李昌憲詩集》、《台灣詩人選集・李昌憲集》。詩作〈期待曲〉詩句被選入【高雄市文學步道】，詩作被選入年度詩選、國內外之詩選集，被以英、日、韓、蒙等文字翻譯及介紹。

以愛爲名

守候

郭漢辰

相傳六龜係有六隻神龜進駐，並化身為六塊巨型龜岩，
但如今只剩在六龜荖濃溪畔的龜王岩。

那年只剩我一個
雙腳在洪流中挺住
雙手用力擋住發狂溪水的衝撞
一波又一波的浪牆啊！
全力撞擊我的頭顱
（猶如一記又一記山寺的晨鐘）
兄弟啊，我仍面不改色
和你們一起歡樂的記憶
我始終緊緊守候在腦中
只是在波濤洶湧中想起
兄弟啊
你們如今安在？

洪水再狂妄
也狂不了歲月之河的吼叫
滄海桑田之後
兄弟啊，我仍守候此處
以千百年的身姿
等待你們的
歸來

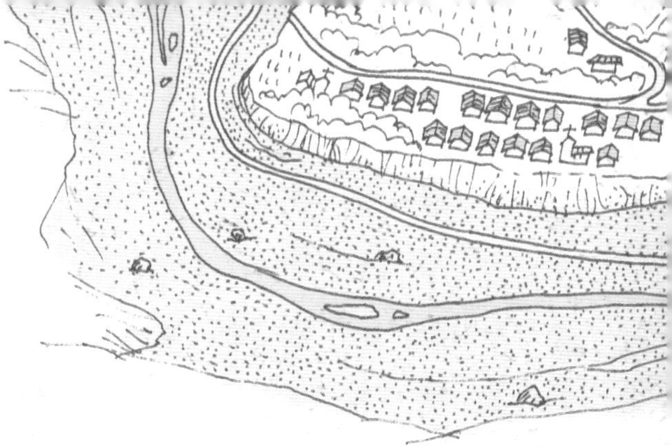

以愛為名

郭漢辰

傍晚訪寶來窯李懷錦老師，逐漸暗淡的夜色，卻突然下起暴雨，李老師訴說起八八風災那天，從天而降的大水以及多年的重建過程……

以愛為名
這天地會不會
不再如此狼狽
這世界是否就此停下紛爭
當一切如同豪雨降下那天
你在山谷裡的見證
滔滔不絕的大雨
吐滿天地對人間的怨懟
氣得脹紅臉的洪水
從山谷最深處奔騰而下
一口氣推倒
好幾座站不穩的橋樑
衝斷緊緊連繫人們的深情
連我們手中曾擁有的愛
都被大水沖刷得
四分五裂

以愛為名
當晨光伴你醒來
彷若悲劇不曾發生
斷裂的橋樑猶自夢見
完好如初的容貌
溪流早已忘記
曾扮演過妖獸的醜陋
一副若無其事哼著小曲
穿流而過整片山林
只是每當大雨從天而降
你依然靈魂緊繃

畏懼暗黑的記憶
再度沿著河道筆直而下
直到天地
再度被大水
淹沒

以愛為名
當寶來窯裡
冒出第一道白煙
你燒出一顆顆重生的心
溫暖放入每個人的胸膛
當世界再度漆黑
每個人的心
都將閃閃發光
照亮我們一起擁有的
山林

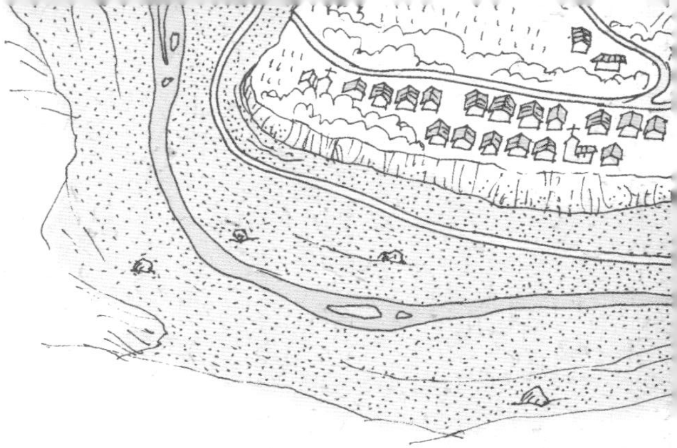

中途站

郭漢辰

六龜客運木造車站曾是日治時代旅館，
一九五四年之後成為客運站

荖濃溪潺流到這裡
便獨自慵懶了起來
順便陪著一甲子的木造車站
喝一整個悠閒的下午茶
再安心地在客運後方
隨興慢步

溪水便從此處中途站
往更寬廣的平原
一路蜿蜒地
滑
溜
了
下
去

新發社區茶園

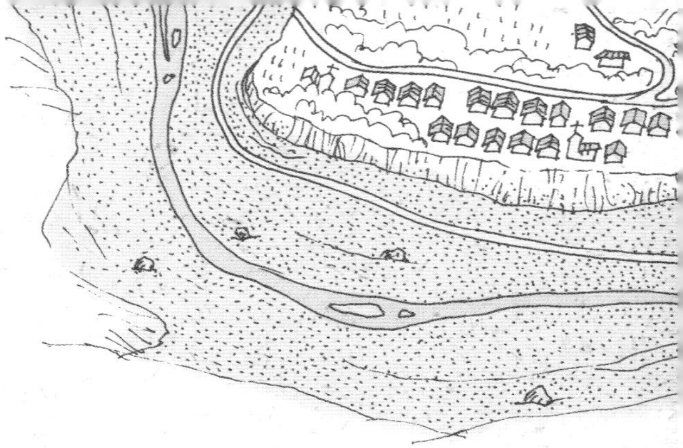

茶綠

郭漢辰

參觀新發四間茶廠，品茗著名野生茶

喝下野生茶
一口氣喝下
山上飄飛來去的雲霧
更學會吞雲吐霧的絕技
我還沾點山巒的翠綠
在茶樹上書寫成
一行行讓人沁涼心底的
詩句

只是不小心有朵山嵐
調皮地飄出我的詩行
就由山霧順道邀請你來
把整座山的茶綠
一飲入喉

山煙

郭漢辰

在寶來街頭品嘗愛玉小米，那滋味……

究竟是愛玉中有小米
還是小米中有
愛玉？
等到他們在你的喉道裡
浪漫邂逅後
有種甜膩的溫暖
在你體內化成厚重的
血肉

那朵一直
守護愛玉小米的山煙
從此栽種在你的
心田

六龜

作家簡介

郭漢辰，郭漢辰，一九六五年生，國立成功大學台灣文學研究所碩士，曾任地方記者十多年，目前為文字工作者。作品豐富多樣，獲國內各項重要文學獎、高雄打狗文學獎首獎、入選高雄出版寫作計畫。出版長篇小說集《記憶之都》；中篇小說集《回家》；短篇小說集《封城之日》、《誰在綠洲唱歌》；散文集《和大山大海說話》、《幸福迎向死亡》；詩集《地球每天帶著一點遺憾在轉動》、《請和我一起閱讀土地的詩行─屏東詩旅手札》、繪本《光之戀》以及報導文學專書等創作。

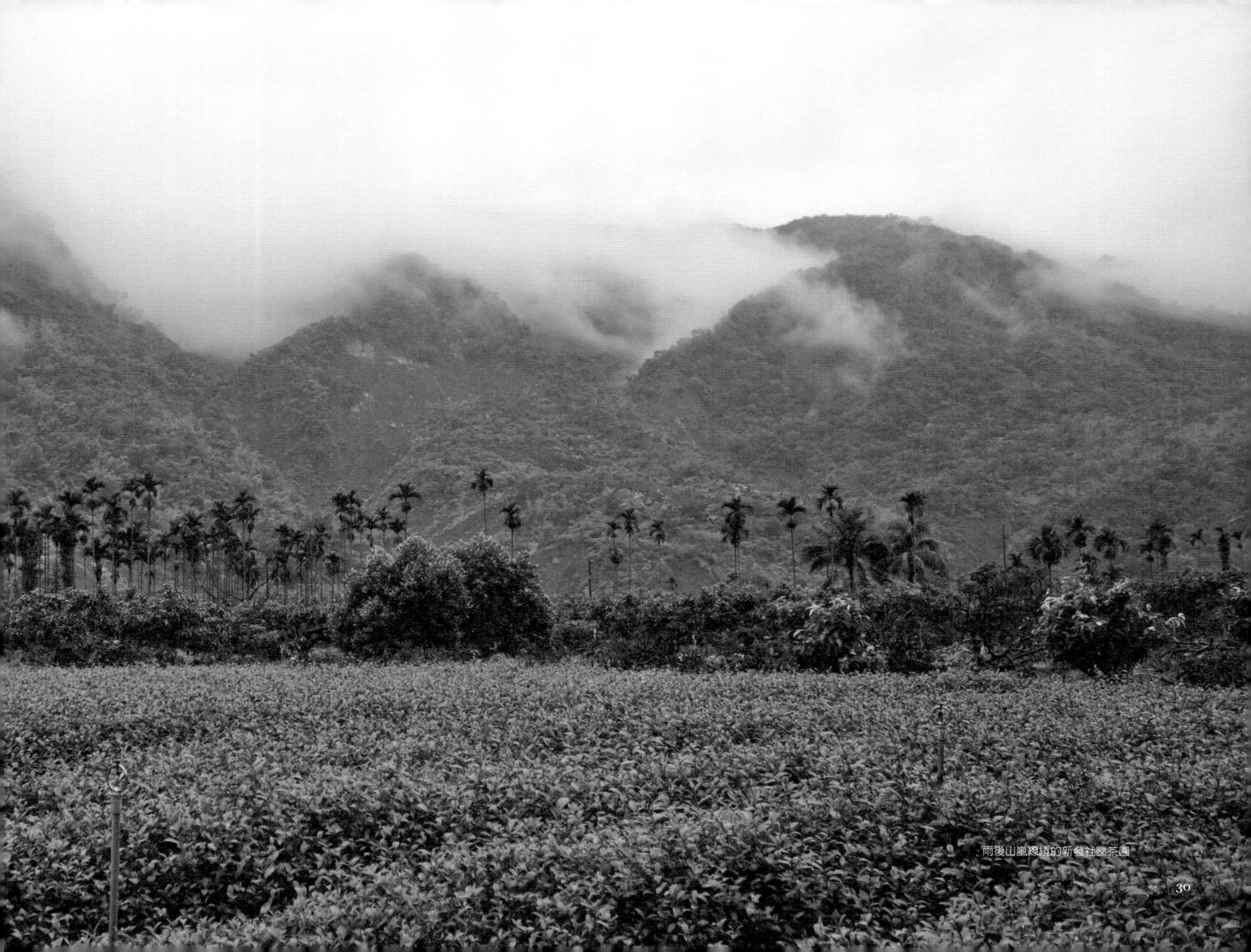

雨後山巒繚繞的新發社區茶園

當地茶農泡的烏龍茶

茶園主人向作家介紹災後茶種及茶況

新發社區製茶廠

「茗濃溪望」周報

高玉蕊

義工媽媽們說這是美濃第一個災後跨區域組織，她們辦社區周報，做學童課輔、老人關懷。

十八羅漢山問我
置身山中，你為何變得如此矮小
我回答：一把偃月刀把河床劈成兩半
將大地畫出更柔軟身段

「就是那裡，溪水
暴漲，整個遊客中心瞬間消失
橋樑斷裂道路隆起，上游堰塞湖
潰堤，整條溪堆積三千噸巨石土方
啊，觸目心驚」

文字撫平了創傷
一群浴火鳳凰

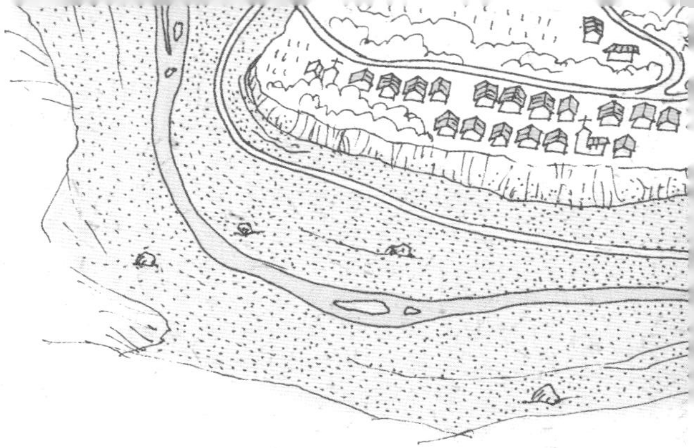

印記

高玉蕊

綿延一整列
一整列的山
禁不住當初莫拉克肆虐
揮刀削髮
裸出遠的近的
一個二個三個四個
無數個
大大小小
光禿頭皮

此時已聽不見
怒吼咆哮聲
卻仍看見大地無奈
留下累累
傷痕

荖濃溪沿途

新發大橋印象

高玉蕊

往寶來挺進
從六龜伸展而來
河谷之上
單柱頂著
一位粉彩淺綠色巨人
劈腿三百公尺
坐落山中

這橋結束了
六龜人走溪底回家的噩夢
迎向復原新階段
以最快速度
打開綠色大門
撕下災區
標記

這又是一個
傳奇

桃源區荖濃溪沿岸

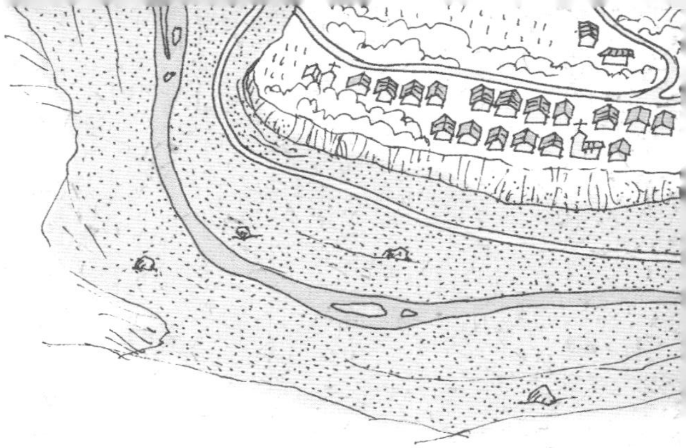

用手捏造心世界

‧檨仔腳「生活陶藝」

高玉蕊

世界為此開啟各種密碼，從靈魂來的
聲音，要我們彼此靠近，彼此取暖。

給小孩一塊陶土，做遊戲
給老人一塊陶土，捏一只杯子盛裝情緒
而女人，做植物染六色粿壯碩生活
日子
仍要繼續
走下去

黑夜
兩隻狗走在前面送客，閃電時
倒退，眼神畏縮

檨仔腳寶來窯

等待族人回來
．桃源勤和部落

高玉蕊

深山人煙稀少
房舍荒廢，風吹進黯黑廳堂
一個一個苦行僧
參透了否？惡水過後

每當下雨，不安是一隻臭蟲
啃咬獵人神經，有人選擇出走
少數堅持留下
就地重建

有女子提供土地放置救難屋
最高地勢，栽種水蜜桃芒果樹
採下梅子，以深厚雲霧醃製
乾淨空氣調味，一顆顆飽滿甜美

我聽見，她鏗鏘金石
「這是祖先土地
我們要在這裡繁衍營生，等待
族人回來」

作家簡介

高玉蕊，一九五六年生，高雄市人。出版詩集《歲月手勢》、《隱藏的風聲》。合輯《台灣自然生態詩語－植物篇》、《作見《港埔遺落的鹹味》、《幸福－石鼓城市之光》、《掌門詩選》。

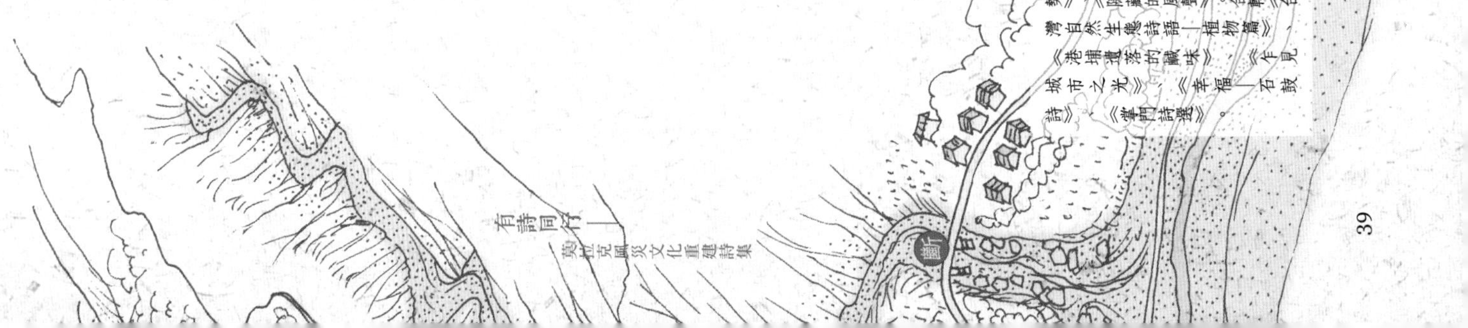

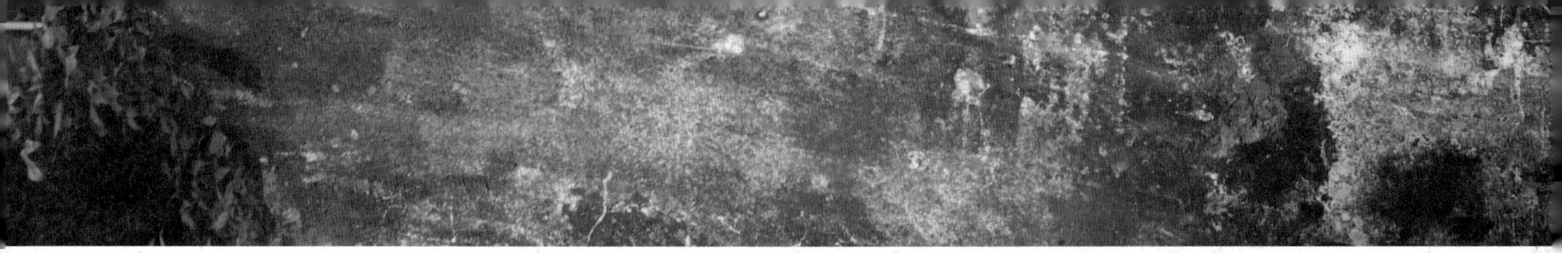

米呼米桑

利玉芳

梅山上的花朵
在妳們的臉上怒放
誰知道妳們曾經哭泣過
米呼米桑——mihumisag

妳們是如何把酸溜溜的梅子
醬成一甕一甕香甜
收成實實在在的果子
烏尼納益——uninag

黑狗找到迷路的獵人
獵人說能夠活著回來真好
米呼米桑——mihumisag
感謝黑狗……烏尼納益

十字架立在桃源高臺
祂所愛的布農子民
艱困中乃屈膝求告不棄原鄉
米呼米桑……烏尼納益

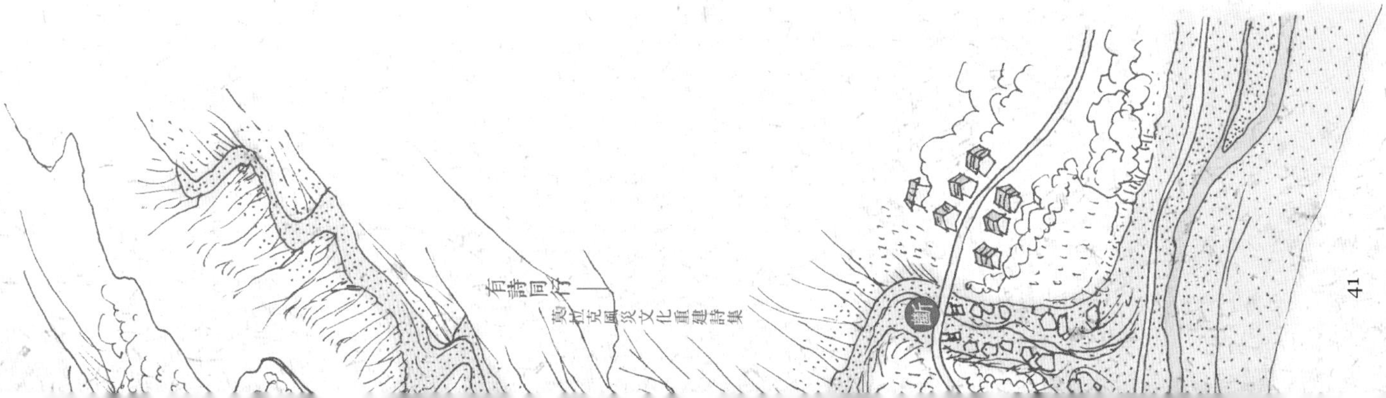

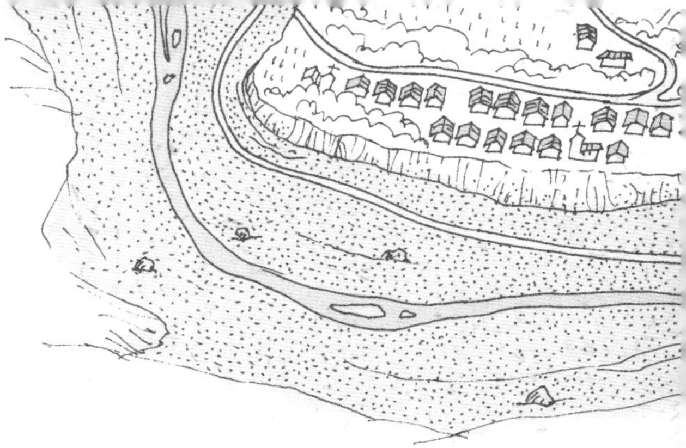

家園屋（客語）

利玉芳

莫拉克風災轉首又過忒三年
苦難个時鐘續行到盡慢

分風災打散个鳥仔
尋到一頭大樹桐做竇
揚葉仔、揚尾仔个翼胛
燥了又濕、濕了又燥

人種个日頭花
野生个星仔花
全全企在路唇口等候佳音
跟（ten3）等平安逕直開一路下

堵㧡水災个山羌、山豬、花鹿、山羊
腳蹄恬靜下來互相打信號
一前一後歸轉佢兜熟識个山坪

我兜人無偏行自家个道路
語言仰會在洪流底下衝來衝去
信仰膏㧡黃泥漂漂浮浮

荖濃溪該片喊一聲：
企起來，專心看顧義人重建家園屋
少年溪山谷回一聲：
企起來，專心看顧義人重建家園屋

茶的名片

利玉芳

名字：野生山茶
住址：中央山脈尾端海拔一〇〇〇公尺
環境：友善耕種
　　　享牧人的石桌
　　　用園主的木椅
製作：日光萎凋
　　　手工揉捻
　　　烘焙喜悅
品質：色澤不暗沉
　　　韻味不退縮
　　　喚醒人類的靈魂
電話：六龜區新發里
傳真：高雄市一路發

新發社區茶園

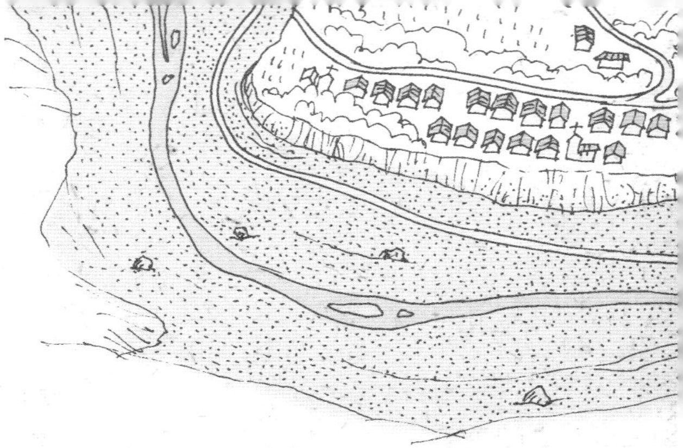

荖濃溪畔

利玉芳

汛期來臨時
六尊巨龜嗚嗚的拉警報
感念他們守護鄉里的精神

當荖濃溪由渾濁變為清澈
溪蝦、溪哥悠然游出岩洞
紅龜粿、蘿蔔糕、香腸攤相繼推向榕樹下

當梅雨季結束
堅韌的老山茶悄悄地冒出嫩芽
金煌芒果、蓮霧正在枝頭上豐碩

颱風眼必然會遠離
從前飽受環境變遷的紫斑蝶
在越冬的路上失迷
六龜少女插上黃蝶的翅翼
勇敢追求愛的記憶
在種有鐵刀木的大橋邊棲息
那裡連接著兩岸的荖濃溪採蜜
足印沒有距離

寶來之星

利玉芳

希望
：這裡不要叫災區
：家園快快恢復
盼望
：晚上不再作惡夢
：有一條又新又堅固的道路

：住溫泉鄉洗溫泉是我的最愛
：每年希望能在寶來街上過生日
：將來想開一家愛玉冰店

他說
：我想當個陶藝家
他說
：如果讀不了學院就當木藝家
她說
：將來想當明星

但願
：寶來小學生的美夢快快長大

作家簡介

利玉芳，屏東人。曾任電臺童詩撰稿與配音、教職，目前從事農業經營。利玉芳的寫作以散文始，一九七八年開始寫詩，並加入笠詩社。一九八六年出版第一本詩集《活的滋味》，一九九一年發行中、日、英詩選《貓》。一九九六年出版《向日葵》，書中收錄她以客家女性身分書寫的客語詩，同時也撰寫台語詩作，豐富了女性母語詩的領域。一九九八年加入女性詩人所創辦的女鯨詩社。除了文學創作之外，也熱衷口述歷史、及鄉土教材的編寫。先後曾獲吳濁流新詩獎及陳秀喜詩獎。重要作品有：詩集《活的滋味》、《貓》、《淡飲洛神花茶的早晨》，兒童文學《小園丁》、《童詩賞析》等。

荖濃溪沿岸一隅

荖濃溪整治工程

作家們走在荖濃溪河床

六龜在地村民於涼亭閒話家常

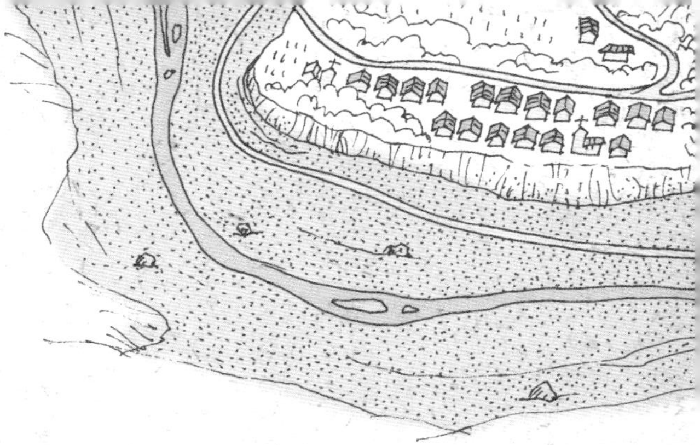

荖濃溪變奏曲

李魁賢

荖濃溪

歸身軀黑黢黢的蛟龍
盤住深山幾多世紀
各支流汲水入來浸敏捷身段
趴在靜悄悄山溝底
有時若在哭有時黑白念
無人認真聽無人瞭解

三不五時嚷一聲
表示家己存在
引起一瞬驚動天地的水湧

事件過了後
恢復無計無較的性格
在自然中無卑無驕
將苦悶的聲音
由埡口彎斡哼到啞口

彎流

大轉彎的地形
無論是自然抑是人為
日日阻礙順流姿勢

有什麼不得已的偶然
在地理上造業
有什麼不得已的必然
等待歷史重演

濁激激的湍流到此
留落來無法度清理的積怨
累積變成溪子埔
溪子消瘦到無法度消受

承受不會起上天
偶然過分豐沛的恩賜
無處可發洩家己
必然連帶淹大水的激情

誰在考驗容忍的限度
準備復一回天翻地覆
再造山河的新面貌

溪水淹過岸

莫拉克颱風彼一工……

彼一工有人警報
上游溪水開始暴衝
無偌久大石沖流落來
隨後柴塊流落來矣
冰箱流落來矣
汽車流落來矣
橡乳船也流落來矣
村民變成破膽鳥飛向高的所在

彼一工有人警報
中游溪水暴漲沖沖滾
超過歷史的記憶
一目矚矣橋斷去矣

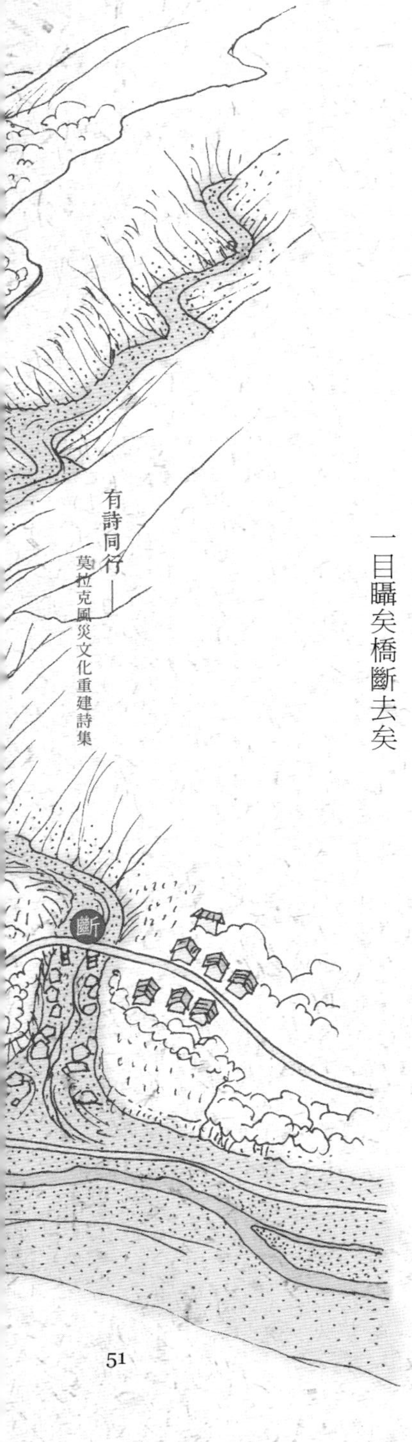

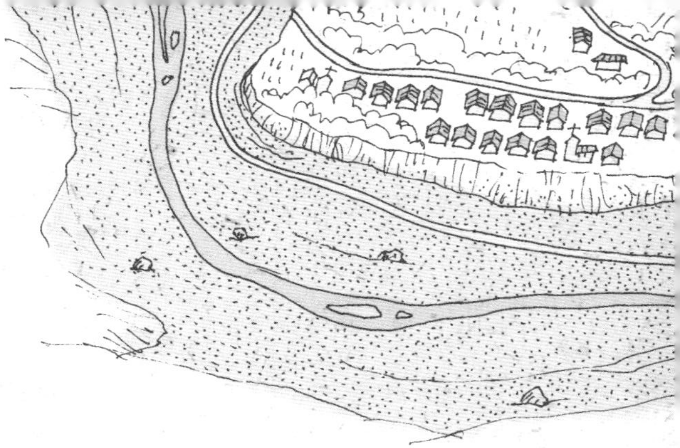

隨後堤岸崩去矣
莊頭淹沒去矣
道路斷夠無一節矣
村民變成孤木在山坎頂絕望

彼一工莫拉克颱風……

遷村計畫

庄內被崩山土石埋落去
有的人永遠埋在土裡
記持只有埋在上蓋內心的所在
彼是永遠不會沖崩去的祕洞
失魂落魄的後世人漂浪在
搶時間趕緊砌起的新社區

原鄉的樹木是閒時的偎靠
在此變成裝飾品
原鄉的路燈是指引轉去的路
在此變成裝飾品
原鄉的橋是隔壁庄聯結的手骨
在此變成裝飾品

原鄉的茨是溫暖的家庭
在此變成參觀的樣品屋
落雨時和茨外共款滴滴答答
永久屋不是永久住的所在
原鄉的人行路爭風威風
在此該接受無真好意的參觀

原鄉的土地
由抛荒數代開墾成畑地
在此千千萬萬肥土

荒廢如無人兮復不給人種作
原鄉的幸福笑在面兮
在此干單聽人展講我等幸福

普羅旺斯，什麼是普羅旺斯
我等出國上遠干單到台北
不識什麼是普羅旺斯
普羅怨死，誠是普羅怨死矣
我等甘願轉來去原鄉重建
自在的茨才是歸屬的國土

重建

荖濃溪沿岸人民
和根釘真深的樹子共款
堅持土脈地脈
有不變的耐力和韌性
只要有合時日頭和雨水

我等在雨屑時瞬沿溪入山
看到堅強的生命
在無奈中綻開誠艷的花蕾
溫暖著不安的心情
像雨過了出現的日頭

人民自助奮鬥的成果
在天變地變中發揮互助力量
改變靠家己打拚的想法
我看到新的台灣團結文化暴英
重建心靈國度的重大央望

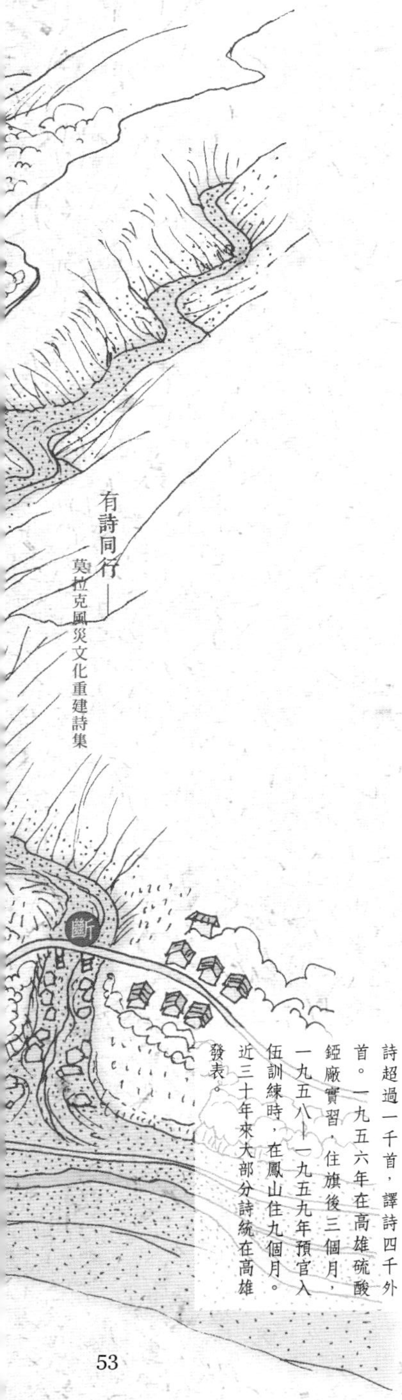

作家簡介

李魁賢，一九五三年開始發表詩，到旦將近一甲子，寫詩超過一千首，譯詩四千外首。一九五六年在高雄硫酸錏廠實習，住旗後三個月，一九五八—一九五九年預官入伍訓練時，在鳳山住九個月。近三十年來大部分詩統在高雄發表。

六龜之寶
龜王岩

六龜身世

莊金國

準備好了嗎？
十八羅漢依序盤坐
背著夕陽串聯運氣
臉泛紅暈，對岸
六龜大山一副自我陶醉的樣子
這邊吞雲，那邊吐霧
偶爾伸伸懶腰
戲弄著荖濃溪裡的卵石
石頭不分大小堆滿河床
互探來自何方的身世
聽說上游河道割據得更厲害
通往孤兒院的大橋都毀了
新架的虹橋日夜弓起身子
等候內山做大水
——內山流落的石頭
親像孤兒的身世

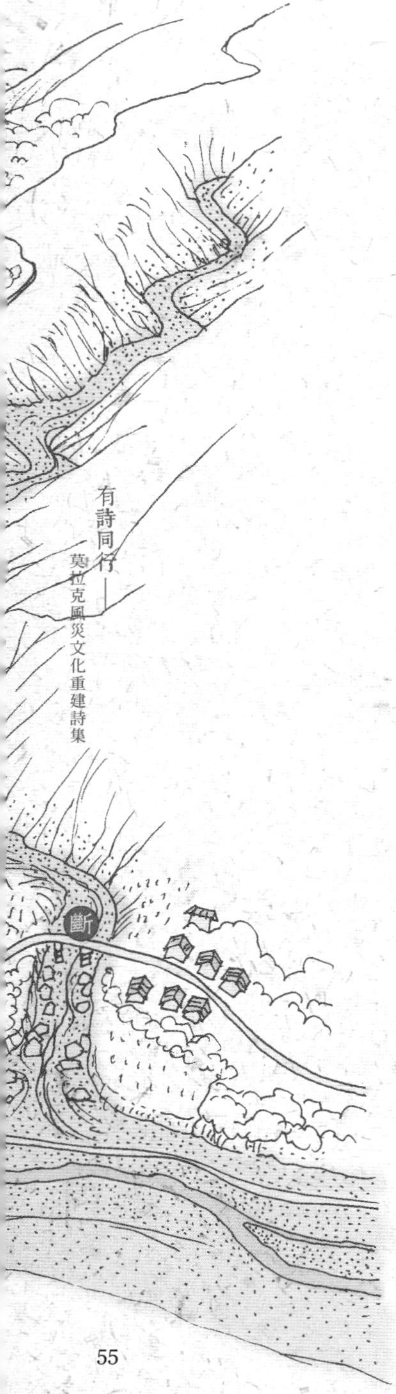

寶來

莊金國

荖濃溪來勢洶洶
奔騰的水箭急轉直下
牽引出寶來溪的溫泉
在此匯流、沖刷、切割形成
一個引人寬衣解帶的地方

達摩瀑布

莊金國

民間相傳
清朝嘉慶君
曾經遊台灣

你在古早古早
所謂「五胡亂華」年代
一路迢迢從印度踏上中土
面壁修行度化眾生
禪的傳人至今無所不在

其實，你早已落腳台灣
一直隱身南橫的深山裡
沿著荖濃溪支流塔羅留溪
溯溪而上，但見你
活靈活現屹立斷崖

你披著水瀑連身的白色袈裟
其下是一泓清澈的水潭
禿頭，眼眶深陷，面頰清癯
鼻孔大，嘴開闊，白眉與耳毛長垂
頸部以下有虎背熊腰之勢

民間相傳
達摩祖師心目中的桃花源
就在桃源的高中部落

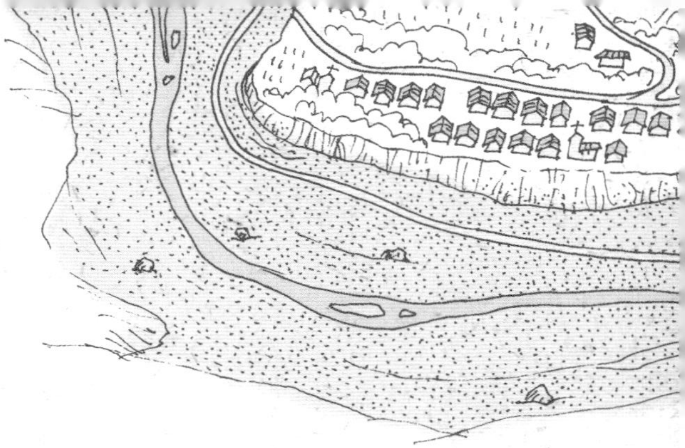

神木

莊金國

白蟻蛀空了
黑蟻扛走碎屑
表皮褪盡了
更見光滑

至於葉子
可有可無
枝椏稀疏些吧
有人酷愛蕭條

在孤峰頂上
在斷崖邊
一株挺拔蒼勁的老樹
傳說是騰雲駕霧而來

莫拉克災後的小林村

重建路上所見

莊金國

盤踞山腰的路斷了
改走山腳下的便道
橫跨溪谷的橋斷了
改走涵管鋪設的便橋

便道與便橋
存在一天
災區刻板的印象
如影隨形

請不要再傳播
不知情的災情
請不要再渲染
山明水秀變成了惡水窮山

儘管受創的土地
有的，還在發炎
儘管受創的心靈
有的，還未復原

作家簡介

莊金國，一九四八年出生於高雄大樹，從事新聞工作二十七年，著有詩集《鄉土與明天》《石頭記》、《流轉歲月》及報導文集《台灣流動見證》、《文化南國》（合著，負責高雄縣市）。

勤和部落避難屋

部落居民自己種的蔬菜

勤和部落避難屋

勤和部落的梅花林

寶來市區街景

荖濃溪流域（六龜、桃源）

景點介紹

文／林芷琪

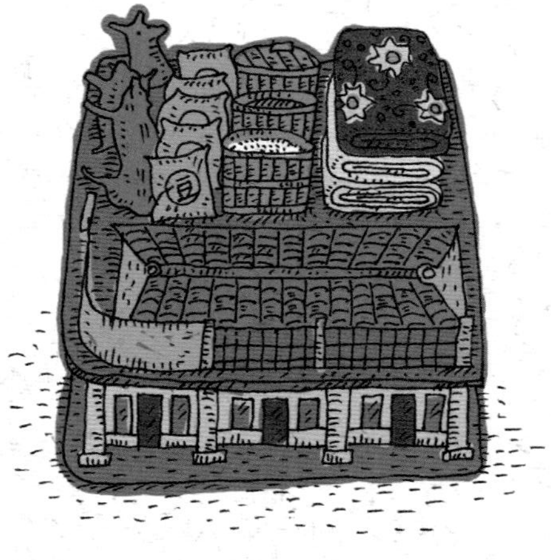

洪稇源

早期六龜因地處偏遠，建材取得不易、技術引進困難，房屋多以茅草、木材搭建而成，「洪稇源」是其中難得少見、富有歷史紋理的磚造建築。洪稇源是商號，在樟腦業興盛的日治時期曾是六龜重要的山地交易所，為住商合一的街屋，在熱鬧的街區供往來的原住民與漢人交換針線、布疋、米鹽糖及山產獵物等生活物品，更備有邊側的廂房供遠道而來的人歇腳休息，而今雖已繁華落盡，佇立在安靜沉穩的六龜老街中，仍難掩其昔日風采。

地址：高雄市六龜區新民街六號

高雄客運六龜站

從洪稇源往前走幾步路，有一水藍色外身、紅色鐵皮屋頂的ㄇ字型木造平房，乍看之下不易判斷其做為何用。在日治時期，這裡是日人經營的旅館「池田屋」，是當時外來日人、軍警人員從平地進入山地唯一可供休息的招待所；二次大戰後，轉由高雄客運公司承購經營，成為轉運山地聚落對外交通的樞紐，而其創建時的形制格局至今保留完整，屋內的地板榻榻米、壁櫥、窗台仍維持原貌。這一處宛如魔法般擺渡時空的旅棧，不僅見證了高雄的區域開發歷史，體現日本時代的氛圍，更承載六龜、茂林、桃源等地居民外出求學、工作的共同記憶。

地址：高雄市六龜區華南街三十號

樣仔腳文化共享空間

一進到樣仔腳文化共享空間，立即映入眼簾的是一道由當地居民及重建區工作者協力砌成的矮牆，以

粘土、稻草、溪石為材料，採自然建築工法，象徵在風災後與大地和平共處的決心。樣仔腳是寶來區域內漢人最早開發的聚落，在一群在地工作者的努力下，選定此處作為文化重建據點，以建造入口意象、大灶、麵包窯及製作特色米食六色粿、植物染布、捏陶ＤＩＹ等，鼓勵社區居民一同營造共享空間，藉此建立信心及凝聚向心力；另一方面，也致力於提供寶來六個聚落的導覽解說，共同發展出溫泉觀光、環境教育、有機農業、梅子加工、自然景觀等特色產業，邀請旅人留心駐足。

地址：高雄市六龜區寶來里樣仔腳三十二之八號
電話：07-6883098
開放時間：上午八點至下午五點，內部空間導覽、寶來聚落解說及活動參與請先電話預約。

36號咖啡愛玉店

在以溫泉觀光、小吃部美食聞名的寶來街區上，有一間專賣咖啡和愛玉，以門牌號碼為名，獨樹一幟的特色小店。店主人玉英姊幾年前發現來訪寶來的旅人，沒有可以坐下來好好休息的地方，長期投入地方公共事務的她，想到高雄山區盛產的愛玉，便開了這家可以「夏天吃愛玉、冬天喝咖啡」的店，其中結合濃郁咖啡香與愛玉清爽口感的招牌「咖啡愛玉」，更是一口同享的絕佳好滋味。除了有不同於一般的飲品，店內多採自然素材的擺設亦特色十足，牆上貼滿了來客留言紀念的小木片，述說著店主人十六歲來到六龜從事林班工作後，便與山林分不開的生命記憶。

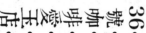

地址：高雄市六龜區寶來里中正路三十六號
電話：07-6881149

勤和部落避難屋與梅子加工坊

風災過後，原本在桃源以團結著稱的勤和部落，一分為三：移居杉林大愛園區、遷居寶來樂樂段，以

及「就地重建」。選擇重建家園的族人，在河谷上方平台，自己找地，由紅十字會出資，蓋建四棟公用的避難屋、兩座環保廁所與一座備災中心，在幾次颱風中已發揮過實際功能。而獲得二〇一一台灣建築獎首獎的勤和避難屋，最大的特色是結構設計簡單，且就地取材、可永續使用。勤和平台上視野遼闊，在這裡可以感覺到風在流動，建築在呼吸，人很自在。

而荖濃溪沿岸一帶，是全台灣梅子產量最多的地方，但一直沒有像南投信義鄉在梅子加工製作後行銷的自有品牌。在過去，桃源的青梅在外來盤商的削價收購，及交通不便難以向外運銷的困境下，價格隨時波動；災後，因為「小農復耕支持計畫」的協助，勤和開始嘗試做無毒梅子的生產加工，自產自銷脆梅、梅精、Q梅、梅醬等，不僅讓小農能獲得較穩定的利潤，也以對土地更友善的方式進行農耕。

參觀資訊：可聯繫高雄市桃源區就地重建發展協會
地址：高雄市桃源區勤和里南橫公路三段四十七號
電話：07-6861301、6861194

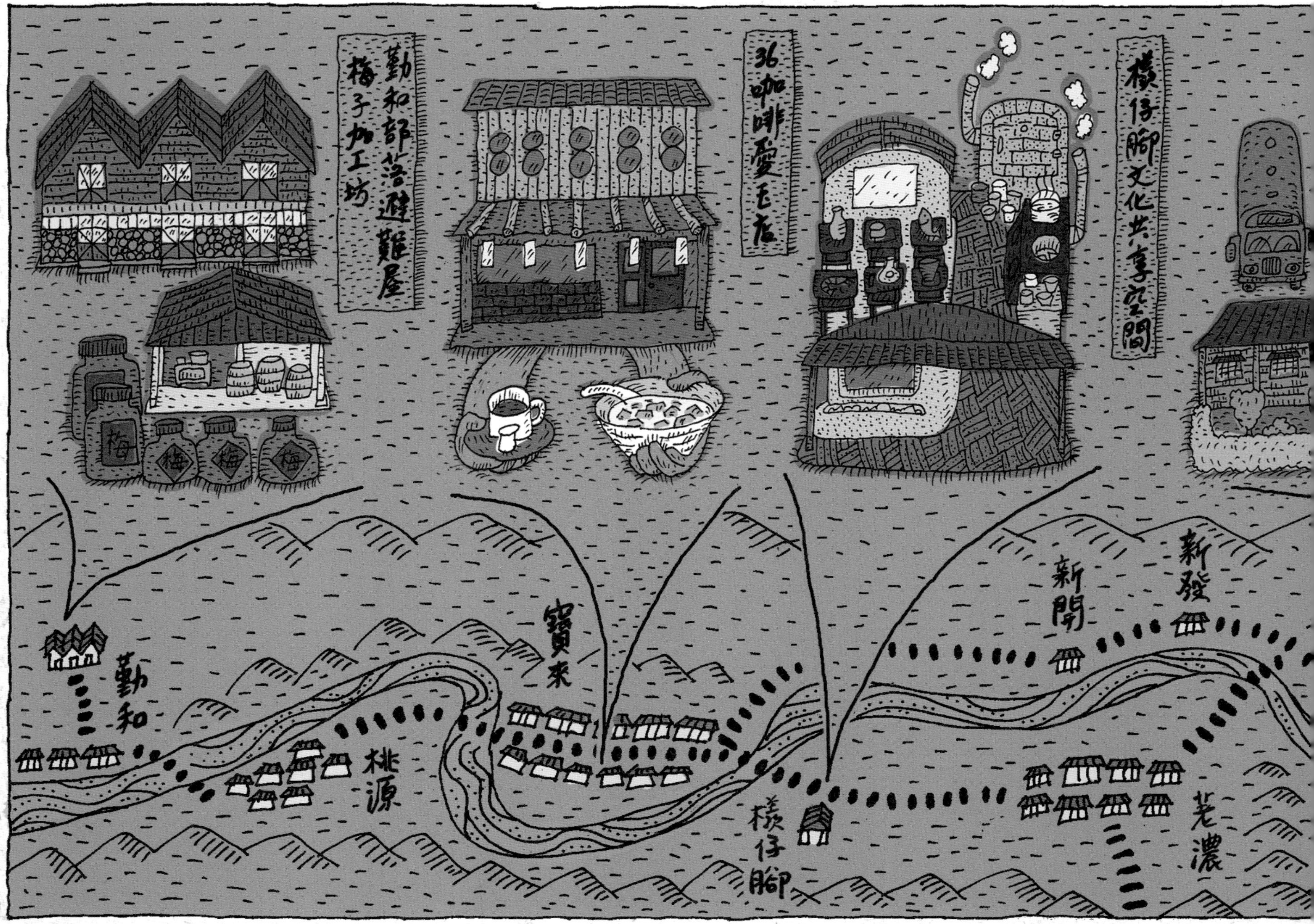
勤和部落避難屋
梅子加工坊
36咖啡愛玉店
橫仔腳文化共享空間
勤和
桃源
寶來
橫仔腳
新開
新發
荖濃

濁口溪

以詩走過受創的土地

文／鄭烱明

發生於2009年8月6日至10日的八八水災（又稱莫拉克風災），是自1959年八七水災以來最嚴重的水患，重創了台灣中南部及東南部，引發了山崩與土石流，其中以高雄縣甲仙鄉小林村滅村事件最為嚴重，有四百多人遭到活埋。根據政府統計，八八水災造成了681人死亡，18人失蹤。

兩年多前，在行政院重建會的協助下，於去年3月15日在小林村原址南側高地，建造了「小林紀念公園」，希望能撫慰受創的生者，也可追悼永生難忘的逝者，給予村民重建與生存的力量。

在文化局的策劃下，企圖以文學之名前進重建區，透過溯溪探訪的方式，留下詩的紀錄。我們幾位詩友（包括藍淑貞、小城綾子、李友煌、涂妙沂、鄭烱明），於2011年11月18日、19日，走訪濁口溪流域（包含多納、茂林）、中寮社區及旗山，這是一次難得的訪視經驗，另外，也包括詩人汪啟疆有關那瑪夏的詩作。每位訪者，都留下了珍貴、令人感切的詩篇，見證了災變雖然經過時間的沖刷，並沒有減少詩人的關切與心靈的悸動。

像擅長以台語發聲的藍淑貞，〈行過風雨了後〉等詩，以感性的口吻，訴說原住民的愛情傳說。「雖然傷痕猶原存在／時間會減輕心內的痛疼／等祭典的火閣再燃起／希望佇火星爆發／就是族人閣再轉來的時」（〈孤寂的老阿媽〉），讓人內心充滿了希望。小城綾子在〈月光暝〉寫災後的恐懼感，堅信紫斑蝶仍會重返茂林，因為那「是前世記憶／還是雷達的指引」。

李友煌的感嘆，「最無情的，不是風颱大雨／嘛不是地動崩山／最無情的／是人」，不是沒有原因。而他最了解紫斑蝶，「山高水深，原來／故鄉的丘壑早就深藏胸中／肺葉似翼、臟心如蝶／每次呼吸都是肺腑衷心的召喚」。涂妙沂以另一種角度審視災後的觀察，那棵懸崖邊拚命抓著泥土的老樹，「最後被洪水轟到河床的角落」，卻「有人撿拾起來／供奉在萎瘦的神主牌坊」，豈不諷刺。〈島嶼的憂愁〉其實是詩人憂愁。

鄭烱明看到的〈石板屋〉是，「斑駁的牆面／隱藏著多少魯凱族的歡笑和淚水」，幸運的「令人驚訝的是／幾株小黃花／竟從石板間的細縫裡／不怕生地探頭出來」。「曾經存有的已經消逝／已經消逝的何處追尋／有誰知道答案」（〈多納溫泉〉）。人生與大自然一樣，生生滅滅，永不止息。汪啟疆的那瑪夏所見所感，「晴朗的山安靜默立已忘卻變形的坍處／原來的一切都消失的存入那兒」，有失就有得，幸好「夢想又開始了」。「我要看我所有的／不看我已沒有的」，因為「苦難是痛楚的／花是美麗的」（〈那瑪夏達卡孥娃〉）。

祝福內心充滿愛與信心的倖存者，在台灣這塊土地上。

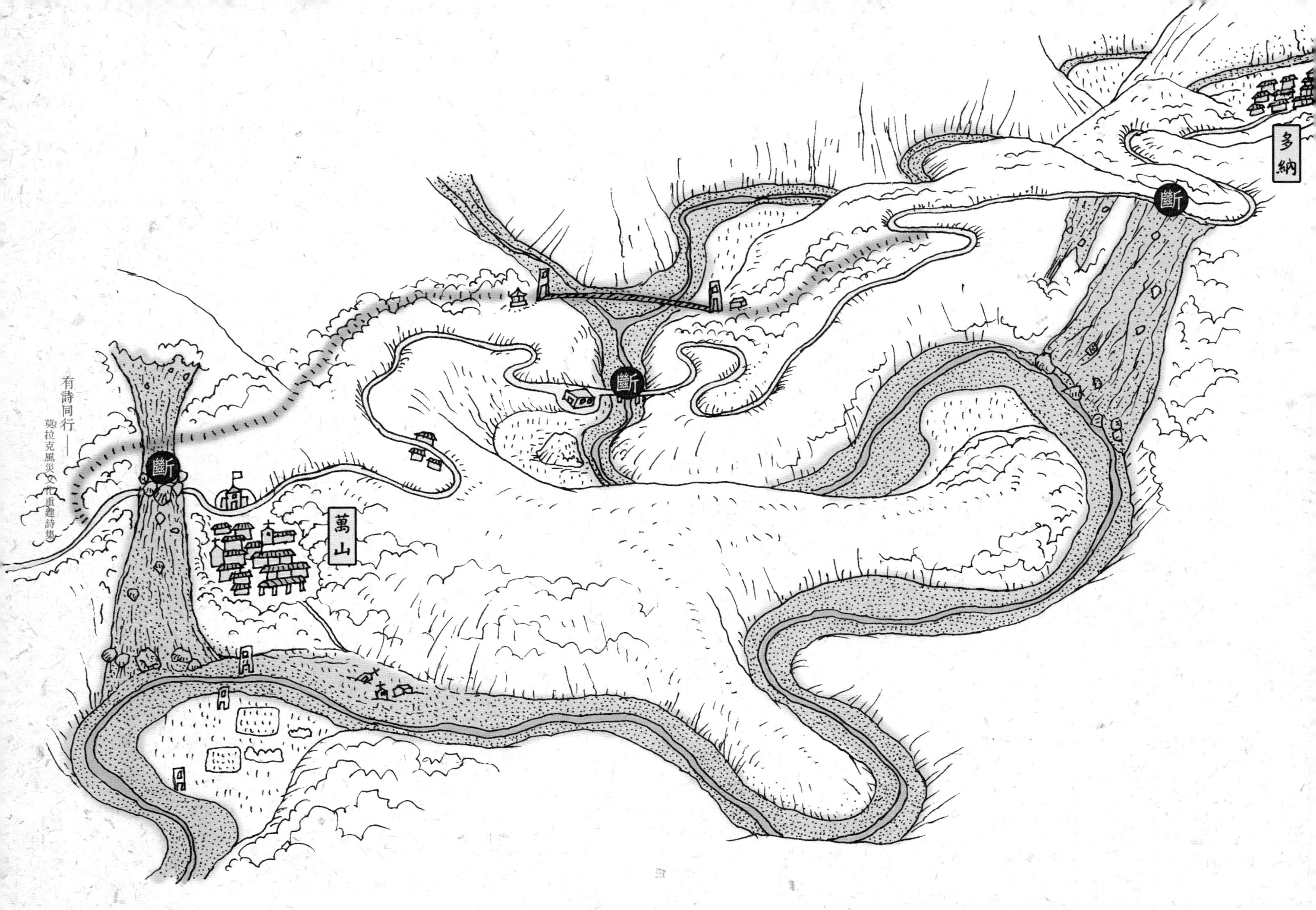
萬山
多納
斷
斷
斷

多納社區石板屋前的蝴蝶

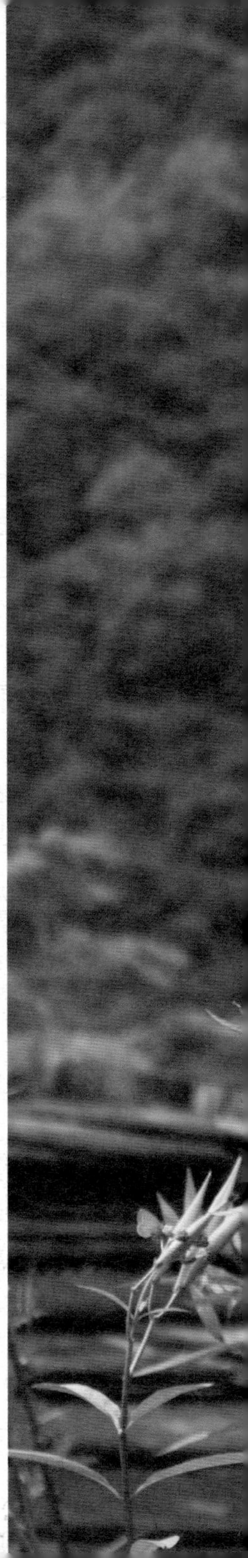

石板屋

鄭烱明

午後，走過多納的巷弄
一間間樸素的石板屋
靜靜地坐落在那兒
時間彷如停止一般

黑米祭的傳說
正等待有心人去尋覓
斑駁的牆面
隱藏著多少魯凱族的歡笑和淚水

令人驚訝的是
幾株小黃花
竟從石板間的細縫裡
不怕生地探頭出來

註：在茂林鄉，石板屋保留最多、最完整的地方為多納部落。

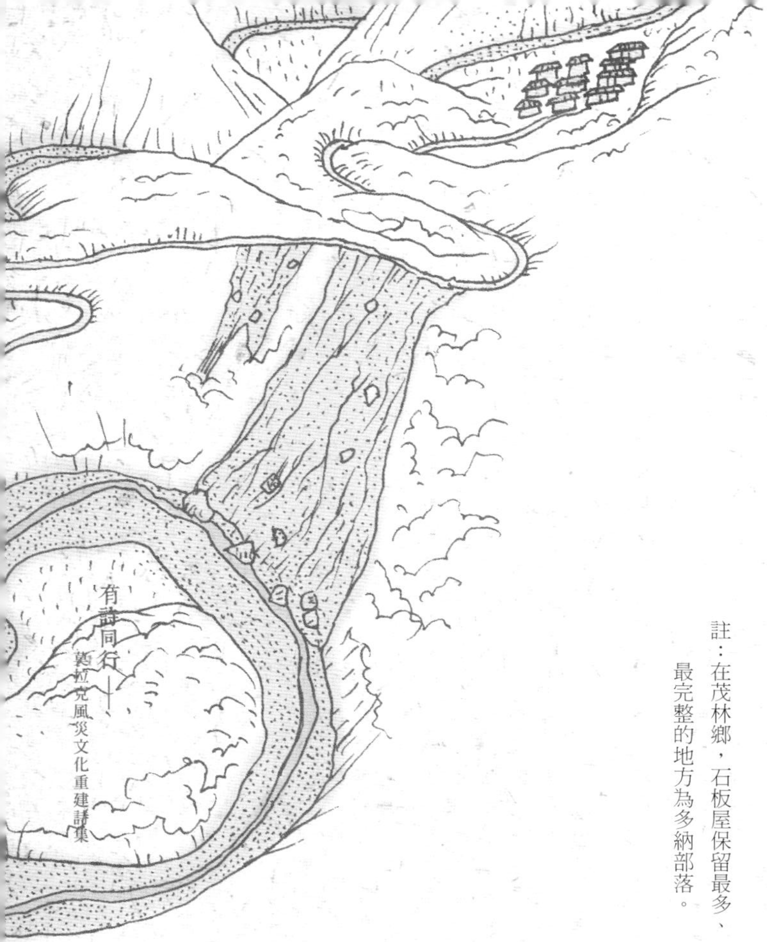

多納溫泉

鄭烱明

站在高高的欄杆旁
依著嚮導的指引
眺望遠處山下的沙石堆積地
沒有一個人影
也沒有一幢房子

誰會想到兩年多前
那是一處露天的天然溫泉呢
如今，崩落的土石流
已掩埋了多納得天獨厚的寶地

曾經存有的已經消逝
已經消逝的何處追尋
有誰知道答案？

註：多納溫泉原位於多納村東南方的濁口溪谷中，泉質清澈透明，為充滿野趣的露天溫泉，但二〇〇九年八月遭莫拉克風災之土石流淹沒而消失。

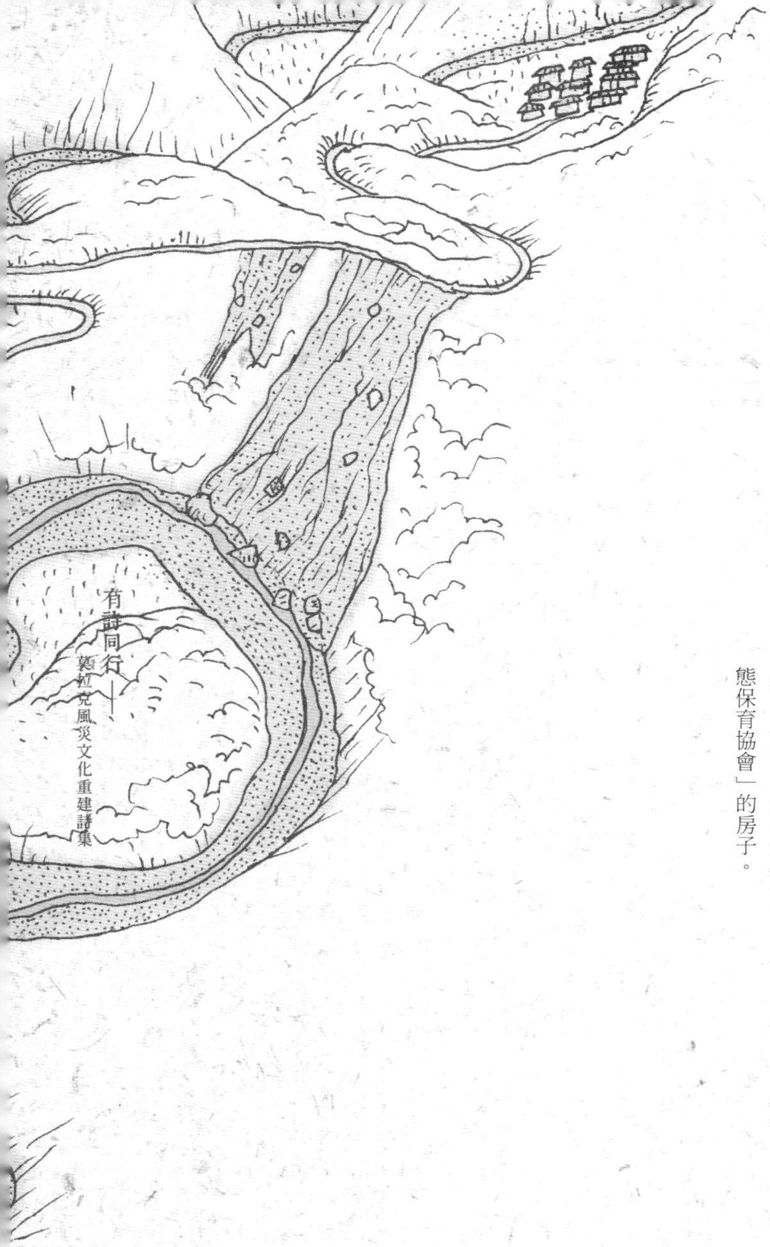

烏巴克

鄭烱明

屋內
有人忙著編串項鍊或腕飾
屋外
幾隻紫斑蝶飛舞著

青翠得令人睜不開眼睛的草地中央
也歇著幾隻鋼雕的紫蝶

走近被暴漲溪水豆腐般削過的岸邊
暴露在空中龜裂的水泥柱
孤單地站著

抬頭遠眺
不，近在眼前
對岸巨大的綠色山巒
令人心中油然升起一絲感嘆

註：烏巴克(ubake)創藝工作坊，作品有項鍊、皮雕、琉璃、編織等，主持人擅長鋼雕創作，對面有一幢「台灣紫斑蝶生態保育協會」的房子。

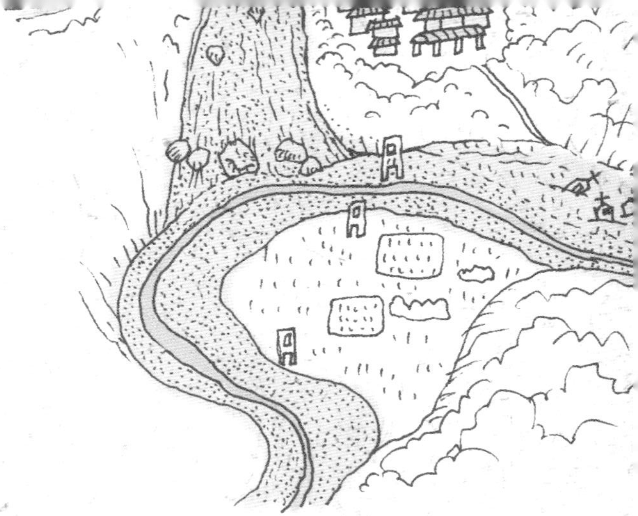

得恩谷

鄭烱明

當黑夜來臨
得恩谷民宿的屋外
不時傳來吱吱的蟲鳴

好客的主人
瘦削的臉龐帶著微笑
一邊沏茶
一邊訴說著獵人學校的種種
彷彿要把他長年對族人的關懷與期盼
一股腦兒全然吐出

聽到他對生態維護的挫折與憂心
令我一夜難眠

清晨，有鳥聲傳來
走出屋子
穿過沾滿露水的草地
迎面而來的是一面龐大的綠色鏡子

・記二〇一一年十一月十八日，與文化局同仁、作家，夜宿得恩谷民宿與主人的邂逅。

萬山岩雕

鄭烱明

在茂密的原始森林裡
我們把心中的祕密
雕刻在巨大的岩石上
不怕被發現

當你看到那樸拙的臉龐
一個又一個的圓形祝福
還有我敬拜的神
相隔兩個世界時
一切已無遺憾

註：萬山岩雕位萬頭蘭山北方原始森林內，有人頭紋、重圓紋、腳印紋等岩雕，為原住民祖先所留下，被指定為三級古蹟。

作家簡介

鄭烱明：一九四八年生於高雄。籍貫台南縣。內科醫師。曾任高雄市立大同醫院內科主治醫師。一九八二年與葉石濤等南部作家創辦《文學界》雜誌，並任發行人，積極推動發展台灣文學。《文學界》停刊後，一九九一年再與作家學者創辦《文學台灣》雜誌。曾任笠詩社社長、台灣筆會理事長。二〇〇五高雄世界詩歌節、二〇〇七台灣詩歌節策畫人。現為文學台灣基金會董事長。曾獲笠詩獎、吳濁流新詩獎、鳳邑文學獎、南瀛文學獎、高雄市文藝獎。

著有詩集《歸途》、《悲劇的想像》、《蕃薯之歌》、《最後的戀歌》、《鄭烱明詩選》、《三稜鏡》（與曾貴海、江自得合著）、《鄭烱明詩選》（漢、索文）、《三重奏》；編有《台灣精神的崛起——笠詩論選集》、《混聲合唱——笠詩選》（與李魁賢等人合編）、《穿越世紀的聲音——笠詩選》。

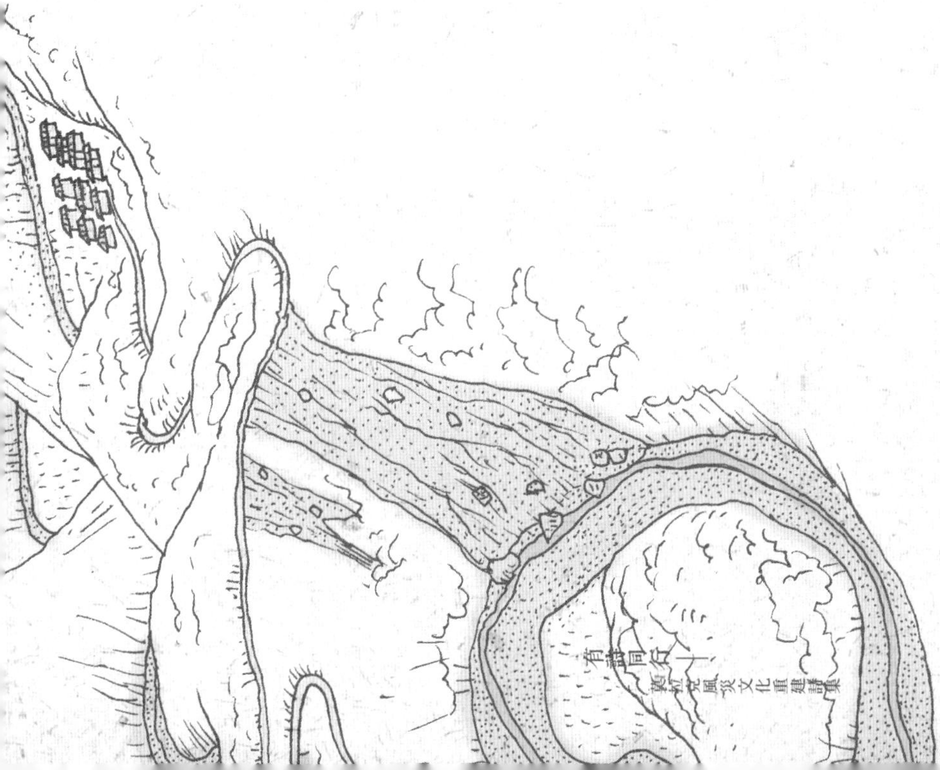

中寮山遠眺

中寮山遠眺

李友煌

供上一串佛手（註一），黃澄澄的
落日也踅進來
躍上桌

我在這裡許下一個願望
昊天宮的老廟公晃搖長長的耳垂
捧薑（註二）微哂，了無牽掛

慾念自嬝嬝的香爐升起
答案從渺渺的天際垂落。雨
早潤濕了山腳下
那條彎曲的
人間道（註三）

註一：佛手蕉為中寮山名產，蕉條細幼，攏收如掌。
註二：中寮山盛產之薑，纖維似有若無，號稱「無絲薑」。
註三：自中寮山可遠眺南二高逶迤而過。

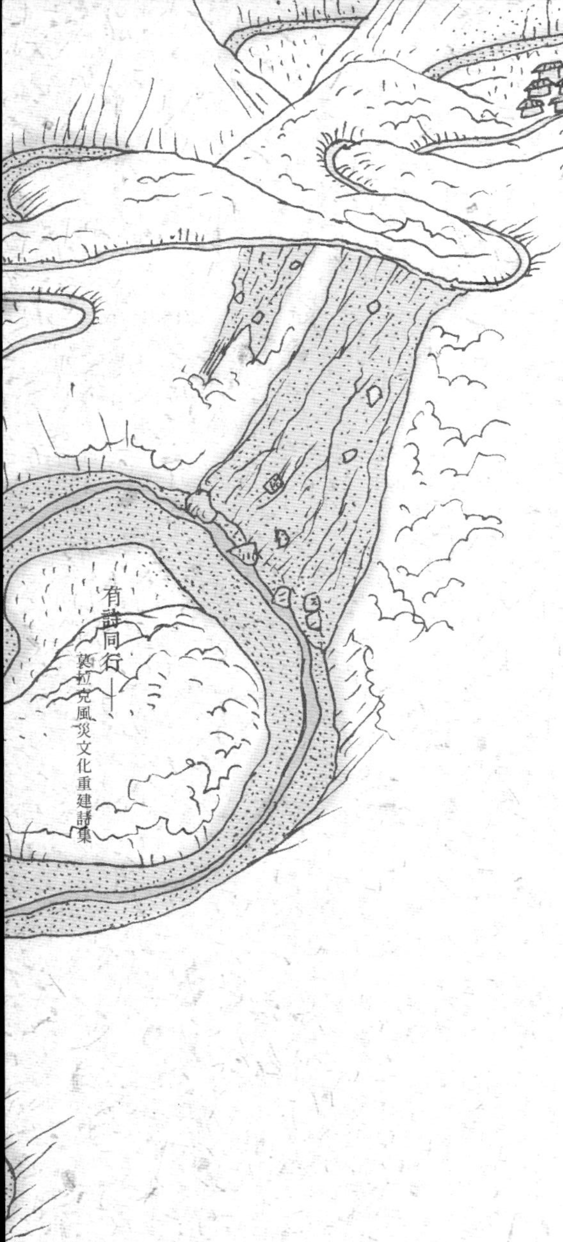

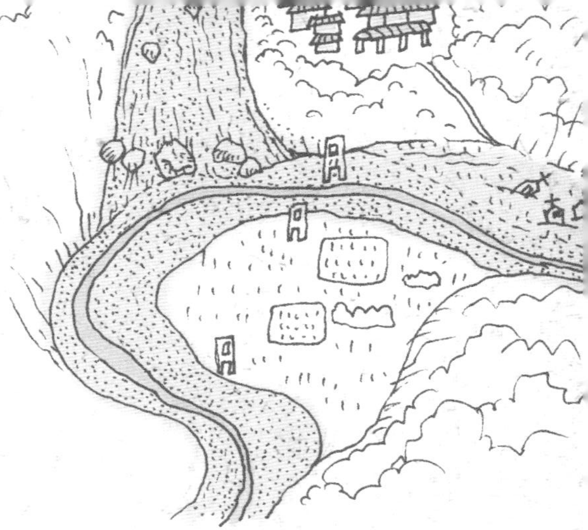

夜靜至只聽見自己
——茂林得恩谷夜宿

李友煌

野溪轟轟，碾壓過
夜的左耳

然後，夜靜至只聽見自己
腦內的聲音，四方隱伏窺伺
的什麼，比夜還黑

自己給自己壯膽
再，自己嚇自己
夜遂笑了，無聲的
走向自己
聽左耳與右耳拔河，累翻整座山谷
的青蛙與蟋蟀，而夜不偏
向上是星星，向下是露晶

草濕了
更濕的是
我徘徊屋外，一夜無眠的
耳朵

茂林得恩谷

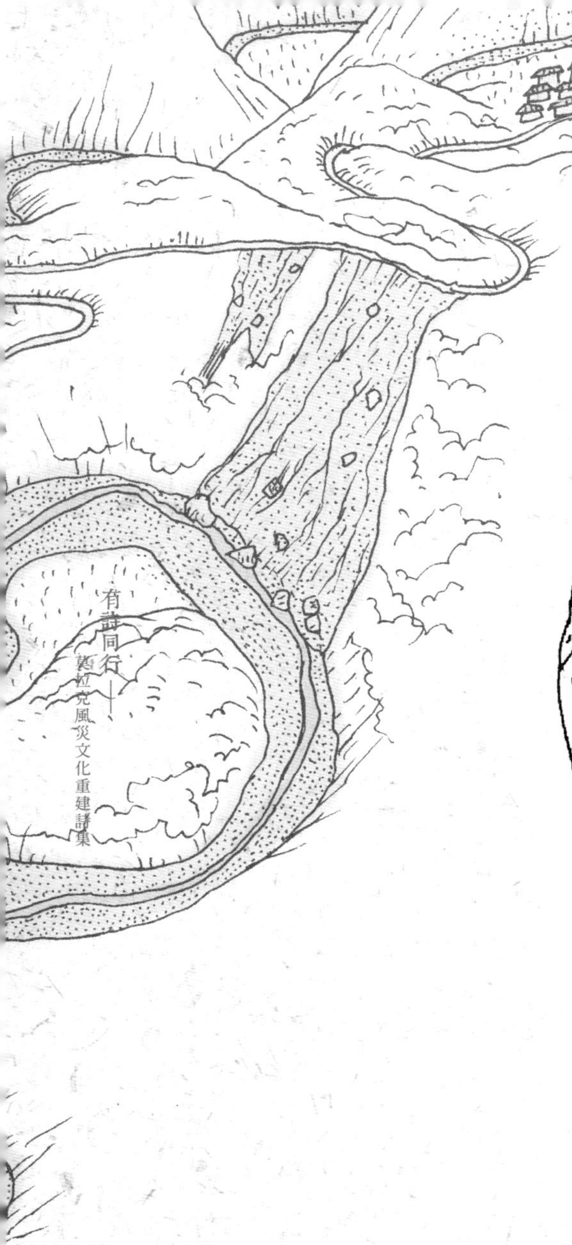

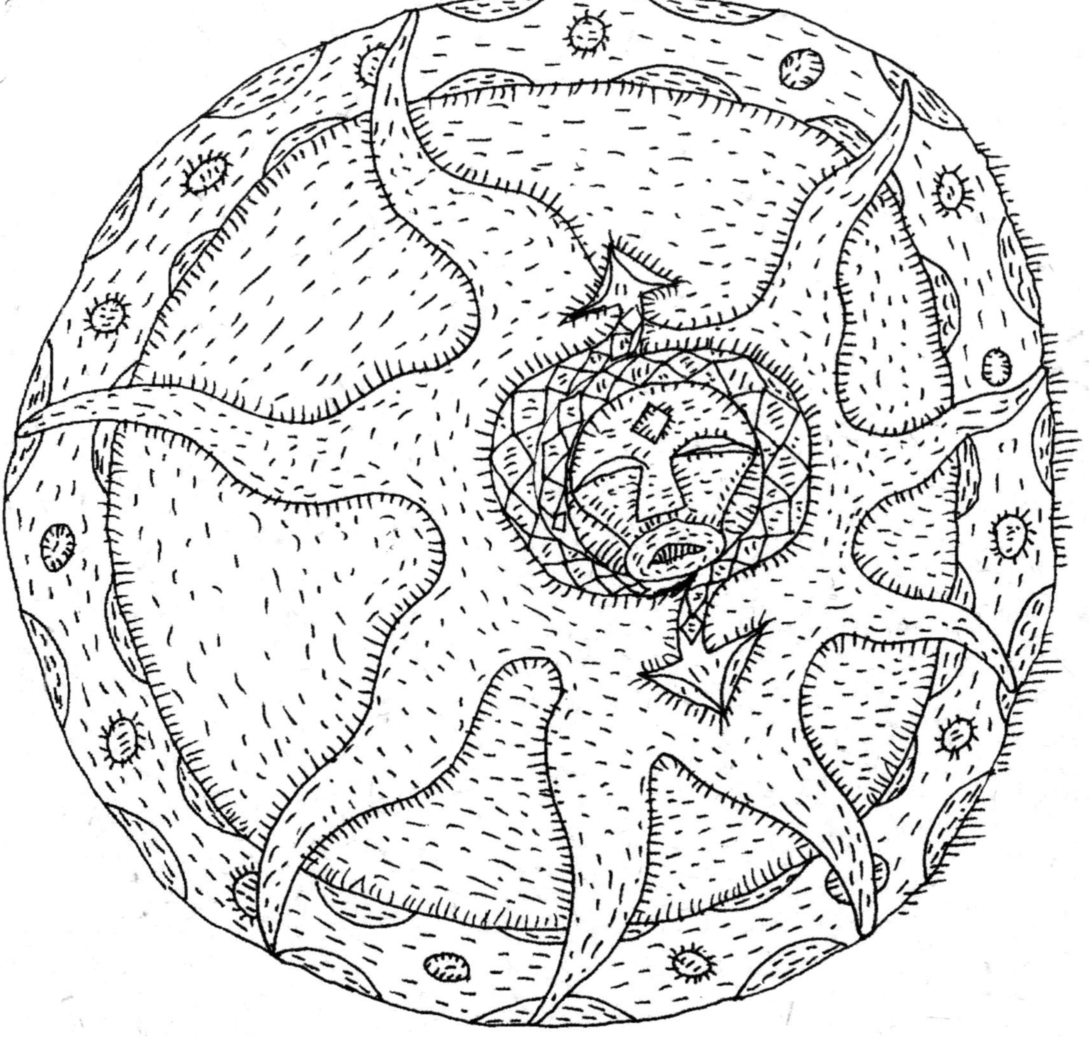

多納村石板屋前院的地板圖樣之一

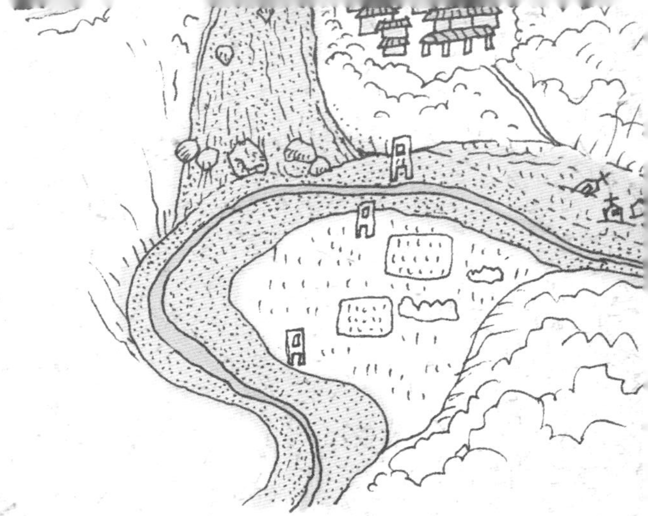

茂林蛛巢小徑

李友煌

我很抱歉
昨夜穿越的小徑
今晨重新被你封鎖
覆滿絲網的臉，深陷其中
已無法後退

抱歉，昨夜信步
穿越這條枝葉間夾藏茂密星群
和一枚月亮隱約的小徑
人生結實纍纍了，且閃閃如鑽
而猶待前進

真的抱歉，昨夜莽撞
為尋一山泉聲於黑暗中盲目
前進。擅入強闖、摧折踏毀
而泉音頓失
我只聽見自己忐忑的喘息

真是抱歉，昨夜迷途
在你的單一和自己的重重方向中
慾念假面勇氣
和自己的畏葸搏鬥
夢與現實一片狼藉

我很抱歉
昨夜穿越的小徑
今晨重新被你封鎖
絲網滿覆的臉，深陷其中
還能抽退嗎

我很抱歉
今晨再度闖入這條小徑
我宏大的步伐下
你晶瑩地不發一語
只以涼冷提醒我界限的存在

我很抱歉
真的抱歉

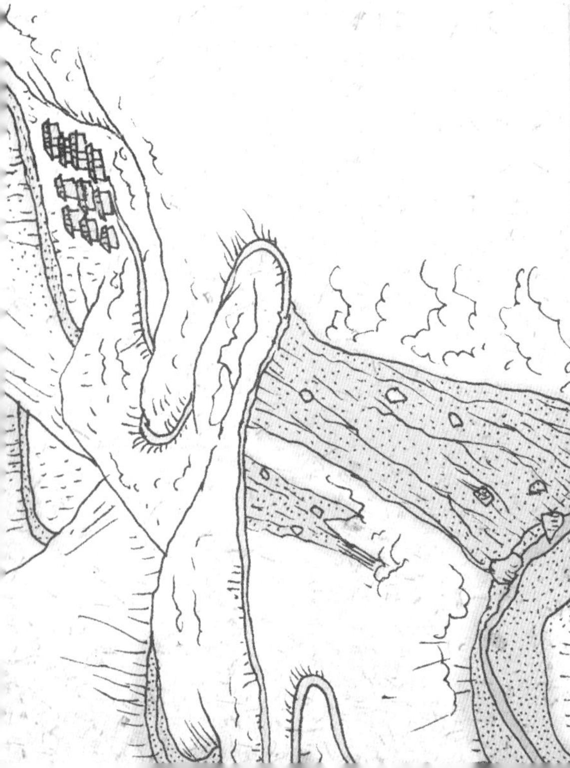

多納社區的荒廢教堂

大紫無憂

李友煌

為了尋找生命中的忘憂谷
我不惜跋山涉水
總相信真理
必在最艱險深奧之處

忘憂谷何在
蝴蝶屏息停棲
風不言、雨無語

年年，紫斑蝶
群聚我的家鄉越冬
吸吮澤蘭花蜜
年年，我浪跡在外
揮霍生命汁液

忘憂谷何在
真理何在
在長久的疲累耗乏之後
蝶群振翅離去，紫色海嘯
淹沒整座島嶼

山高水深，原來
故鄉丘壑早就深藏胸中
肺葉似翼、臟心如蝶
每次呼吸都是肺腑衷心的召喚
鼓動，出自茂林幽谷

蝶道不改，大紫無憂
轟然——，紫色蝴蝶炸開胸懷
驚見千山萬水內
人人心中那座
忘憂谷

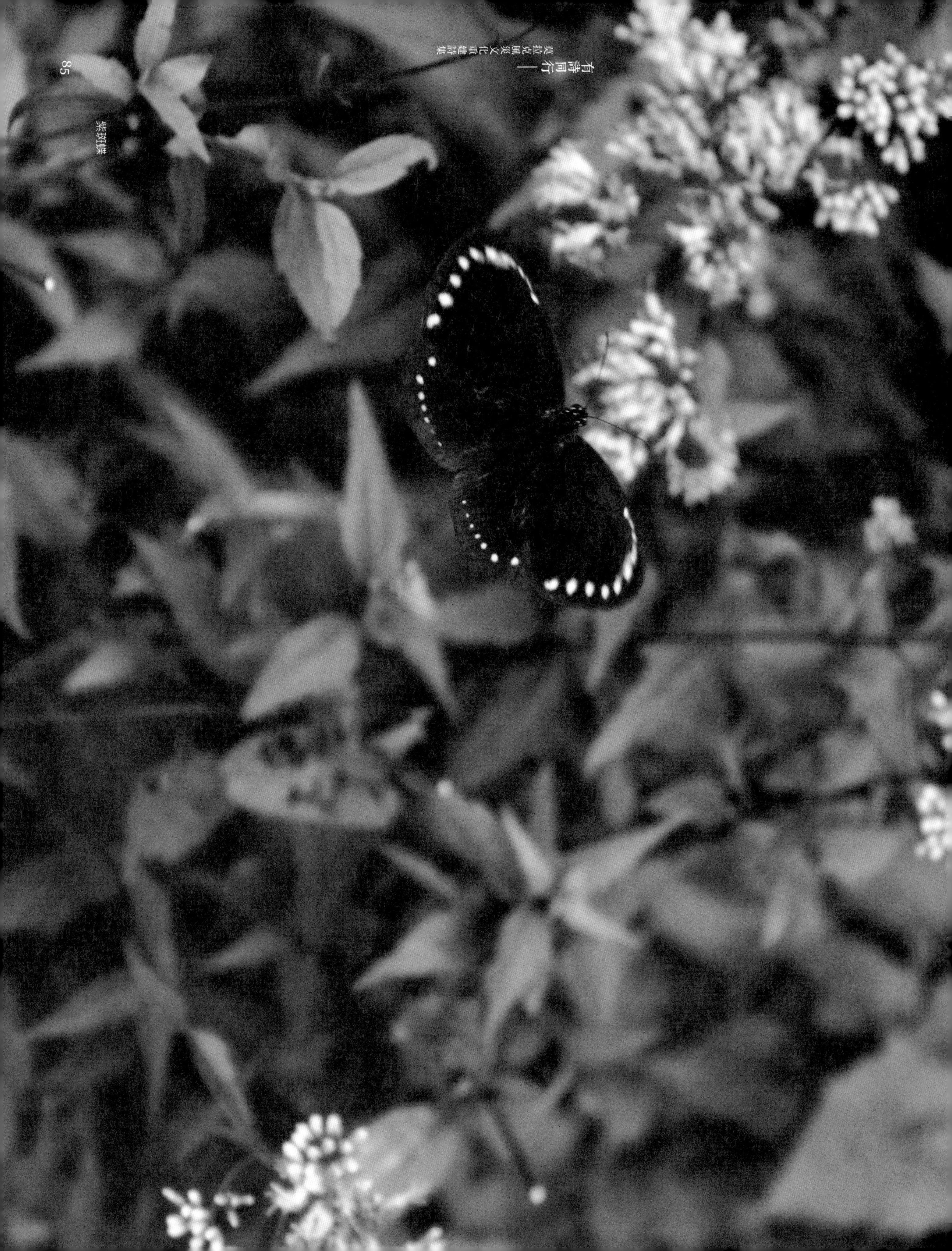

紫斑蝶

濁口溪仍未平息

李友煌

老鷹盤旋在植被滑落的峽谷上方
濁口溪嗚咽流過傷心的土地

吞不下含沙帶泥的水
濁口溪至今仍未平息
心事日夜翻攪，挾帶
滔滔不絕的憤怒

羅木斯啊羅木斯
美麗的山谷群樹的家
魚背青青妝梳綠綠的水
曲流婉轉
觸撫浸潤每一寸
魯凱靈魂的流域

安息吧
崩石壘壘，百步蛇遍體鱗傷的日子
安息吧
魚鱗脫落、紫蝶鱗粉揚散的日子
記取
所有生靈混沌汙濁的日子

大雨連下四百年
太初無道，我們只能仰望自己
大雨連下四百年
太初有道，我們仍得仰望自己

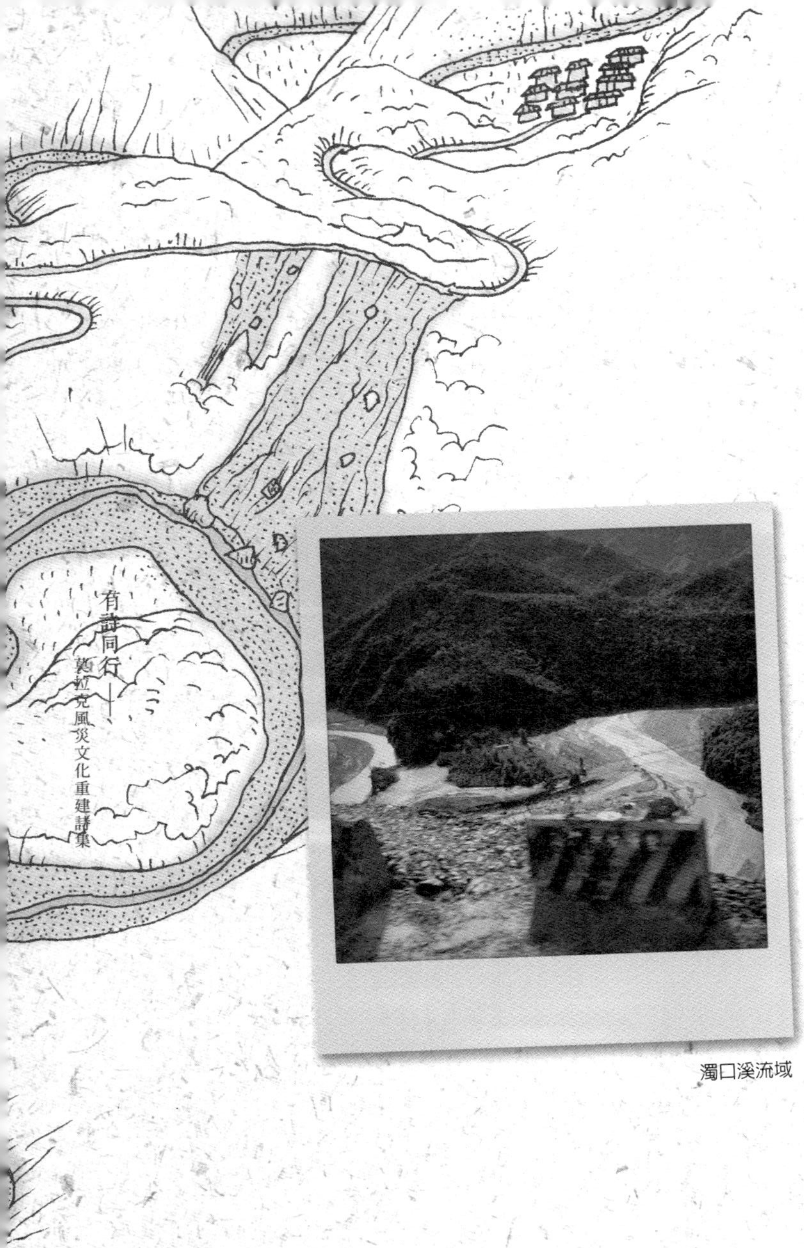

濁口溪流域

羅木斯啊羅木斯
茂密的森林美麗的家
環流丘之下仍有待開的芒花
高吊橋之上猶有搏風的鷹揚
碧藍的天空靜靜守候
濁口溪平息澄明的一天

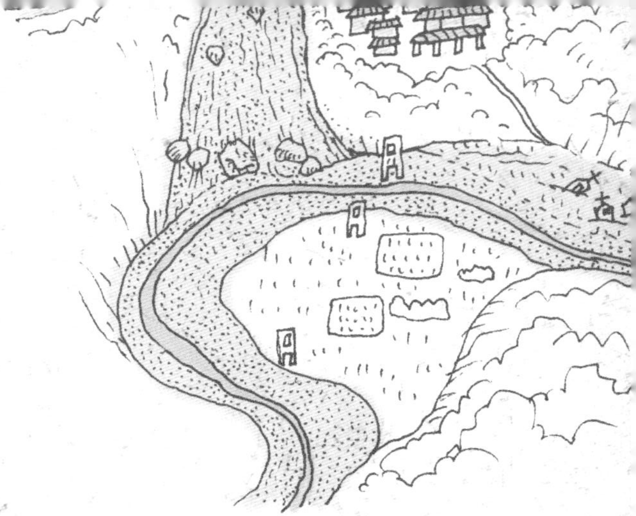

人生到遮路糊糜

李友煌

最無情的，不是風颱大雨
嘛不是地動崩山
最無情的
是人

是人一直佇 thún 踏地球
剝皮、活活剝地球的皮去賣
hé 有偌痛你敢知
即痛敢 bē-tàng 乎人絞滾一下
互人大風大雨喝痛
痛甲車畚斗，車甲你 khōng 腳翹

地球是咱唯一的厝
那有人拆厝去賣的
剝地球的皮就是剝自己的皮
哪有人剝家己的皮
猶閣在喊秋清耶

講到底，人不只無情
閣無知、無知無覺
等知影痛
已經 bē 赴啊

血腮腮、爛糊糊的地球
敢閣有救
生瘡流膿的土地
敢閣有效

咱的心愈來愈驚惶
咱無愛咱的後代吃路糊糜大漢
若按呢
咱就 m̄ 通閣剝地球的皮
m̄ 通閣飼地球路糊糜

山山水水路糊糜
人生到遮路糊糜
歹路 m̄ 通行
閣行死路一條

作家簡介

李友煌：輔仁大學社工系、成功大學台灣文學系博士班畢業，曾任台灣時報及民生報記者。曾獲朱銘美術館「觀雨季」文字創作類首獎，成大鳳凰樹文學獎、打狗文學獎、大武山文學獎；為高雄市首屆文學創作獎助出版計畫現代詩類得主，著作《藍染—海島身世》詩集；主編出版《在夢境的入口：高雄民間故事集》；詩集《水上十行紙》、詩論集《異質的存在》，獲高雄市文化基金會補助出版。

多納吊橋

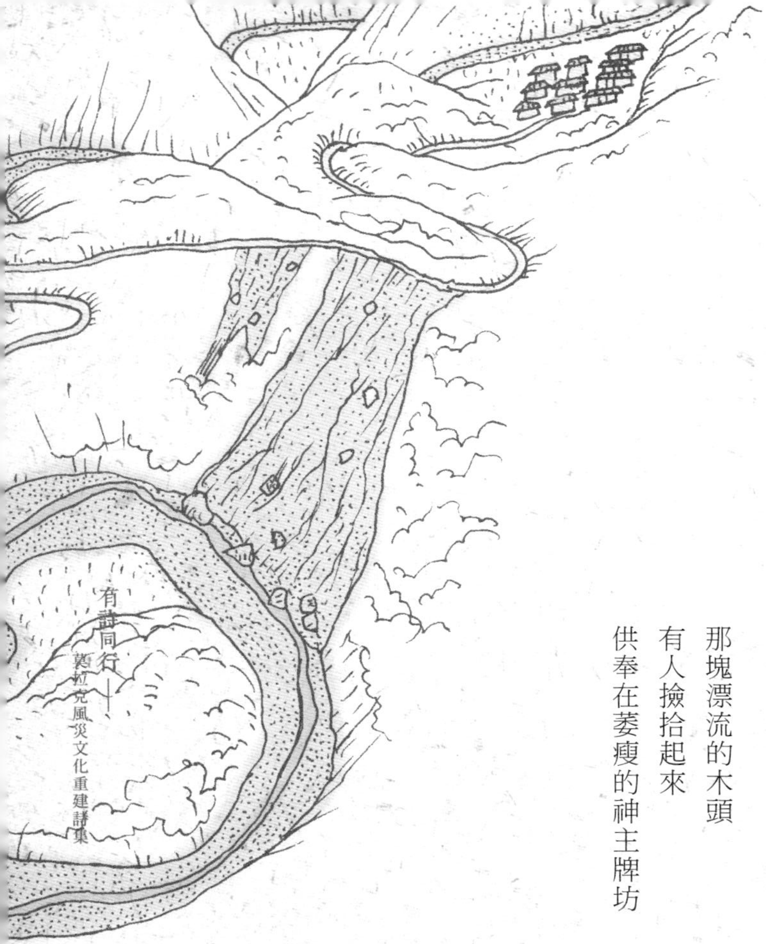

漂流木

涂妙沂

那棵懸崖邊的老樹拚命抓著泥土
不畏懼大洪水沖垮它活命的地基
仍然昂頭尋找陽光

那個安逸島嶼的人民摀住了耳朵
不想聽做自己主人的論調
低頭思想著繁華的脂粉

那棵愈來愈衰弱的老樹最後被洪水轟到河床的角落
變成漂流的一塊木頭
依舊低吟著土地的歌調

那個愈來愈腐敗的華麗島嶼最後被潮流帶到死亡
變成沒有骨頭的軀殼
連自己的聲音都忘卻了

那塊漂流的木頭
有人撿拾起來
供奉在萎瘦的神主牌坊

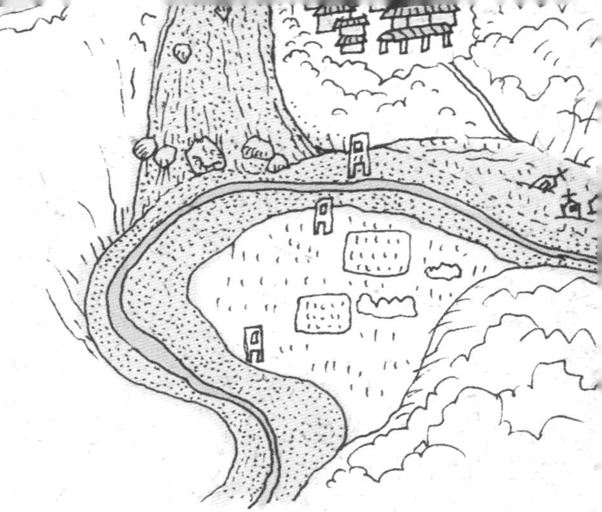

島嶼的憂愁

涂妙沂

秋天的時候，島嶼便有小小的憂愁
那颱風一去就沒消息，那男人也是

沒有過這樣天翻地覆的情感
他也沒交代兒子不回家吃晚飯

稻子也是沒交代就彎腰了
一彎就直不起來

柚子也沒交代不等中秋的月娘
自己先剝開心裡的傷痕

秋天的時候，島嶼便有小小的憂愁
那溪水一去就沒回頭，那歷史也是

每一年溪水都要重新經歷天翻地覆的波動
每一年村落都要重新經歷椎心的刻骨的沉重的痛
在無人走踏的峭壁和溪澗
在他埋骨的荒煙草堆
在她蝕骸的亂石深淵
那颱風草的傷痕兀自迎向秋天的蕭瑟
沒有再說一句話
只是垂下葉脈為土地默哀

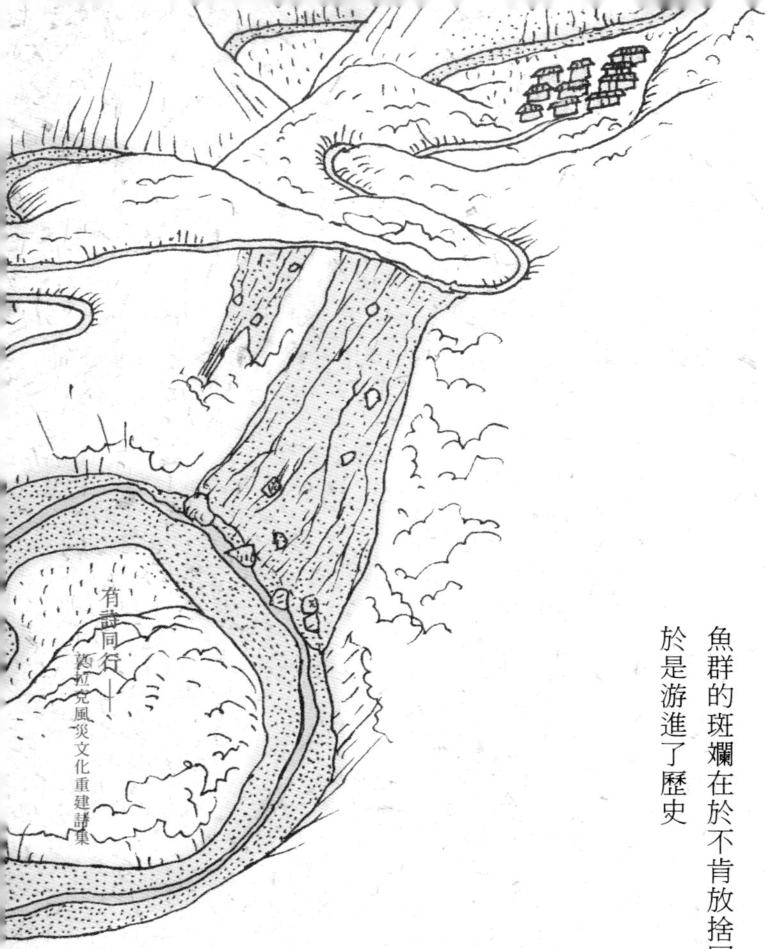

群魚

涂妙沂

魚群聚集著恐懼焦慮腫脹死亡
嘴裡的水惡貫滿盈不再能吐露一個字
依然不肯離開
魚群漂流著浪蕩失根沉淪翻覆
隨著腐爛水草曝晒在發臭的海面
依然不肯遺棄
那幅美麗家園的圖像

魚群不見了
水的清澈不見了
家的圖像崩解重置
時間在靜默中

魚群沒有失落同伴
聚集著悠游向上向下伸展軀體
陽光在河面又激起燦爛的白影
大自然又將斷裂的堤岸修復
隨著水草游進幽暗的海底
依然不肯放捨

魚群的斑斕在於不肯放捨同伴
於是游進了歷史

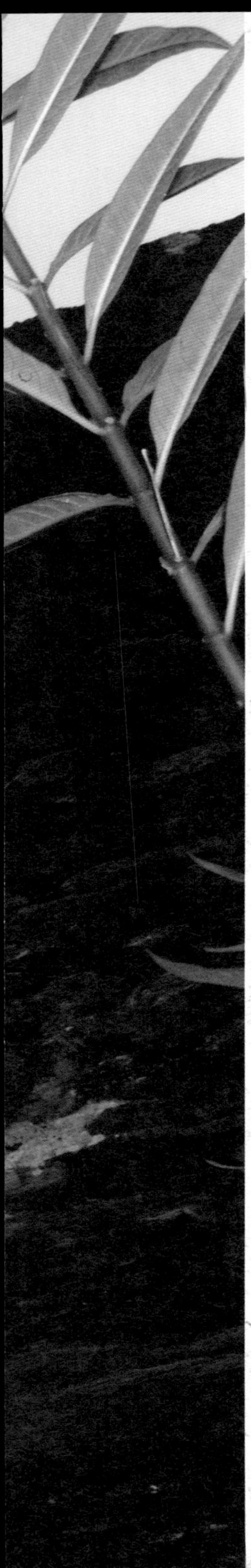

在家暴天空下

涂妙沂

她的家園有紫斑蝶飛舞
一隻兩隻五六七隻一百一千一萬
一萬隻紫斑蝶飛舞在布農族的家園

賞蝶步道工程的怪手開進路邊
嘎嘎叫聲比烏鴉還震耳
一萬隻紫斑蝶神隱在罕無人煙的峭壁
拍落美麗的自由

她的家園沒有紫斑蝶飛舞
她的夢裡也沒有一隻紫斑蝶飛進來
噪音堵住了夢的入口處
還貼上標語：施工中，當心小偷潛入
不知是誰偷了紫斑蝶回家的路

賞蝶步道看不見一隻紫斑蝶
有哪一雙翅膀能飛越家暴的天空

多納社區石板屋前的蝴蝶

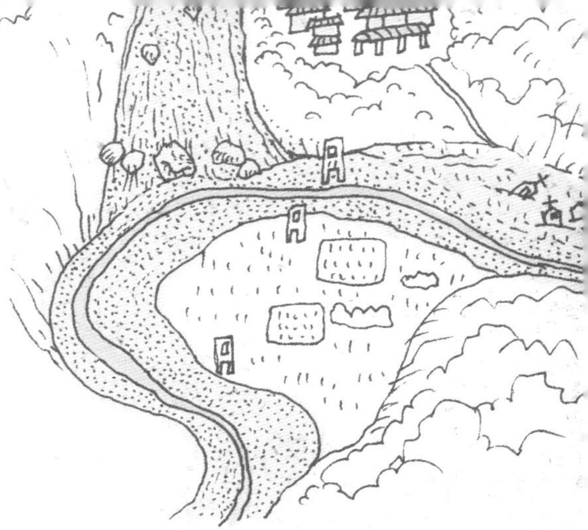

永遠造袂好的一條路

涂妙沂

伊娜徛佇路口杳杳仔看，看去真荒的所在
彼條細條路恬靜 kah 連風攏睏去矣
遮呢歡喜行到有尾蝶跳舞的紅花叢
等待伊當爾出嫁的囡孫仔歸家
無張遲拄著落雨全全路糊仔糜
轟一聲，欲轉去厝的路攏總崩離
山壁變成路面，橋變成一條斷線的風吹
伊娜的心變成一條河

伊娜徛佇路口杳杳仔看，看去崩落的所在
伊的目睭走揣轉來的路草
伊的心肝頭有一條路通夠笑微微的枷
會曉唱歌詩的鳥隻
甘願聽伊講話的老樹
一叢發真茂的芋仔
一蕊別置頭鬃的花

熱日雨水偌為天頂倒落來
又閣轟一聲
山壁又閣變成路面
橋又閣變成一條斷線的風吹
鳥隻老樹芋仔花蕊等無的囡孫仔
伊娜的心又閣變成一條河
猶原造袂好的一條路

熱日雨水偌為天頂倒落來
又閣轟一聲
山壁又閣變成路面
橋又閣變成一條斷線的風吹
鳥隻老樹芋仔花蕊等無白頭毛的囡孫仔
老伊娜的心又閣變成一條河
永遠造袂好的一條路

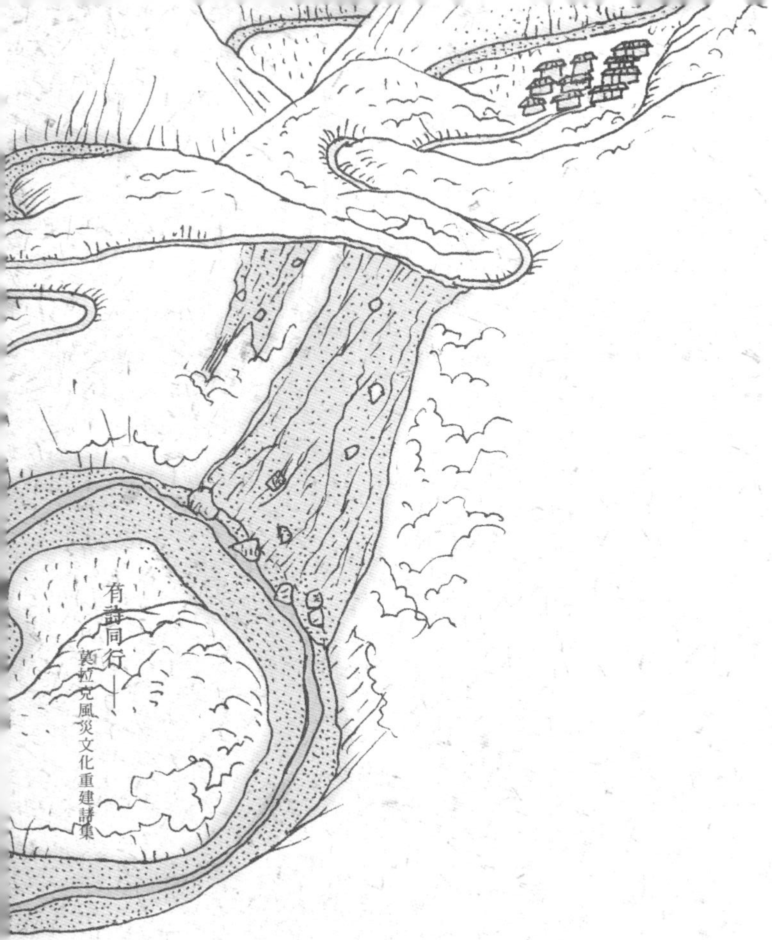

興建中的陸橋

烏巴克藝術空間

作家簡介

涂妙沂，台南山上苦瓜寮人，中興大學中文系畢業，加州法界佛教大學研究所研究。曾任職出版社、民眾日報藝文組主編、台灣時報副刊編輯、加州中學華語教師，參與柴山自然保育運動十多年，目前自由寫作和畫畫，也是生態紀錄片編劇。作品曾獲南瀛文學獎現代詩首獎、林榮三文學獎、台北文學獎、打狗文學獎、葉紅女性詩獎等，二〇一一年吳濁流文學獎小說正獎。二度獲得高雄市文學創作獎助、府城文學獎散文類集結成冊正獎等。散文作品入選高雄縣中小學台灣文學讀本、靜宜大學閱讀文學讀本、幼獅青少年自然文學讀本《花紋樣的生命》、《岡山文選》。著有：散文集《土地依然是花園》，詩集《她們正在穿越生命的河》、小說集《女人草》即將出版。編有散文集《柴山主義》、報導文學合集《鋼板在吟唱—台船歷史》、生態紀錄片劇本《櫻花樹上的紅寶石》。部落格「南方的苦瓜寮」— http://mypaper.pchome.com.tw/news/hwchen

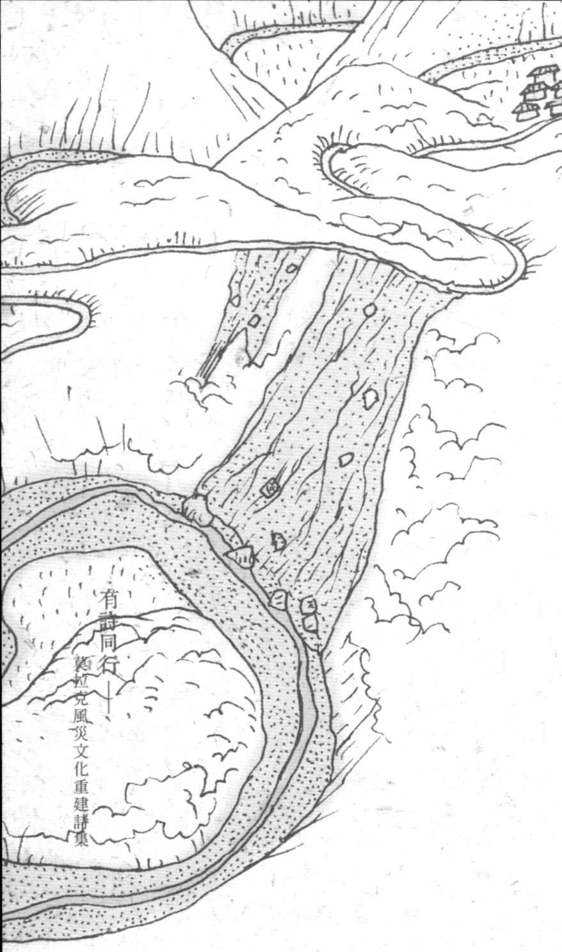

傷痕

小城綾子

大病一場（註）後
我開始對西南氣流嚴重過敏
日夜提防著頭頂那朵
不懷好意的雲

風聲讓我憂鬱
雨聲讓我心悸
滾滾泥流追入了夢裡

疲憊擔在肩上
焦慮揣在胸口
豪雨特報速速撤離急急如律令
走或留
都是愁

註：【大病一場】寓意八八水災後土地所受的傷害與災區居民心靈的創傷。

月光暝

小城綾子

月光暝
伊坐佇石板厝的門跤口
恬恬看天邊的星
風位受傷的山谷吹過來
鑽入伊不時驚惶的心肝

月光暝
伊睏佇低低的眠床頂
眠眠聽門外的風
雨位破空的記智灌入來
潑醒伊浮浮沉沉的夢

緊來走喔 這呢大的風佮雨
食甲七八十　生目毋捌看

䘼赴穿鞋雄狂走出厝外
無風無搖 無代誌
舉頭看天
月娘光光　照家庄

月光暝
莫拉克的風雨猶原落佇
伊的心肝底

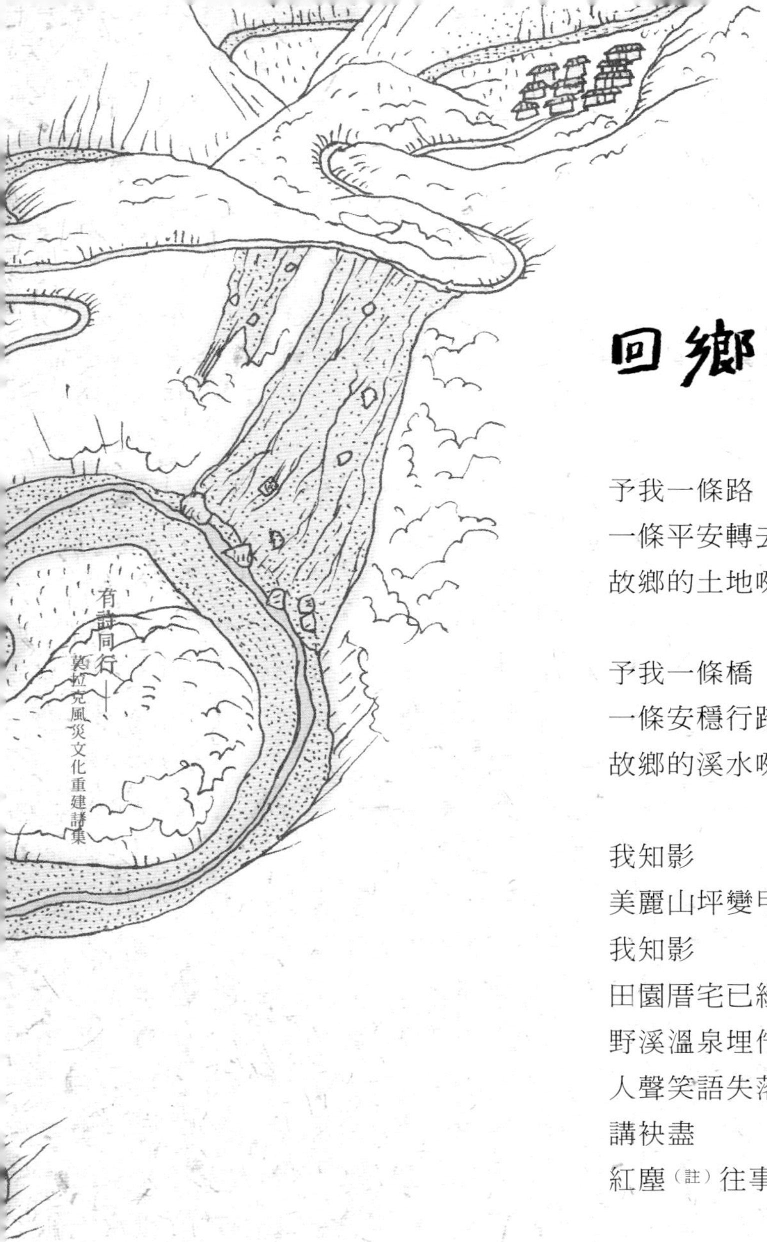

回鄉的路

小城綾子

予我一條路
一條平安轉去的路
故鄉的土地咧等我

予我一條橋
一條安穩行踏的橋
故鄉的溪水咧叫我

我知影
美麗山坪變甲臭頭兼爛耳
我知影
田園厝宅已經予水沖走去
野溪溫泉埋佇土跤底
人聲笑語失落佇風裡
講袂盡
紅塵（註）往事……

予我一條路
一條轉去故鄉的路
成長的記智
祖先的跤跡 攏佇遐
毋願做揣無岫（siū）的鳥隻
破碎的土地
失落的過去
阮欲一塊一塊
來補縫（thīnn）

註：【紅塵】位於多納的紅塵峽谷溫泉，在八八水災時嚴重受創，與多納溫泉一同深埋土石底下。

紫斑蝶歸來

小城綾子

東北季風呼出一口寒氣後
妳聽到南方山谷溫暖的呼喚

漫長旅途舞動水袖翩翩
紫色星河一路南下蜿蜒

是前世記憶
還是雷達的指引
移動的星河如何不流岔
山谷裡的聚首如何不缺席

妳抖抖蝶翼輕笑不語
千年的祕密 謎樣的妳

註：每年冬季來臨前紫斑蝶會陸續飛到溫暖的方山谷過冬，高雄茂林則是紫斑蝶最主要的聚集越冬區域。莫拉克災後紫斑蝶仍重返茂林，未曾移情棄離。

作家簡介

小城綾子，本名連鈺慧，新營人，小說作品曾獲府城文學獎、南瀛文學獎、吳濁流文藝獎及首屆台南文學獎等。短篇小說集《城市痞子》入選2007年南台灣文學作家作品集。
部落格「南方小鎮的天空」獲南瀛文學部落格獎。

紫斑蝶

多納社區魯凱族狩獵山豬牙裝飾

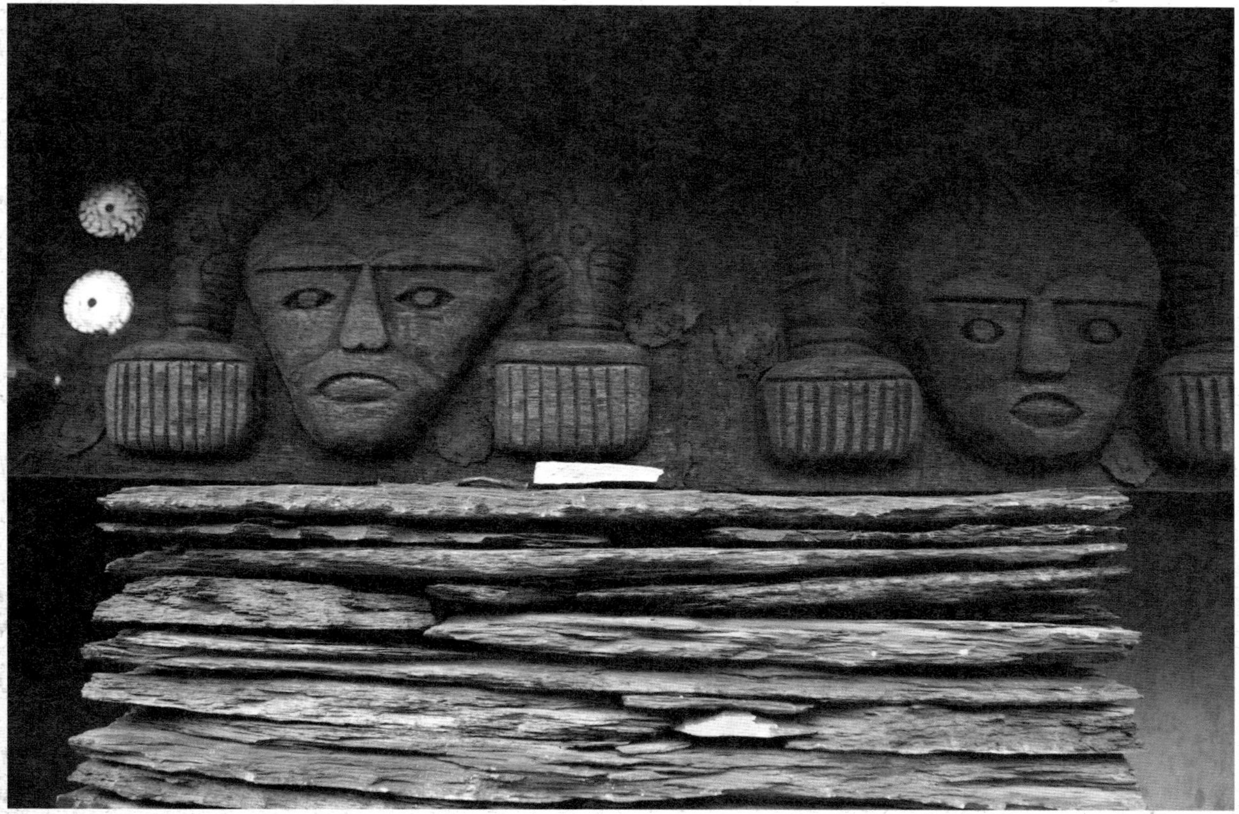

多納社區的魯凱族雕刻

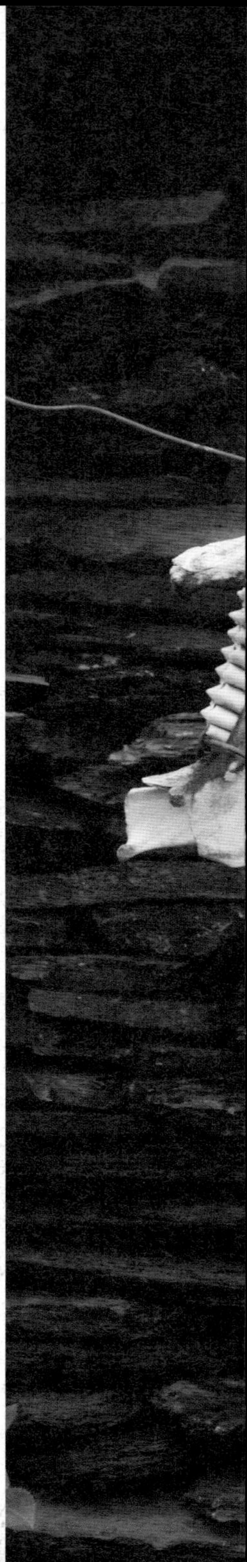

多納吊橋

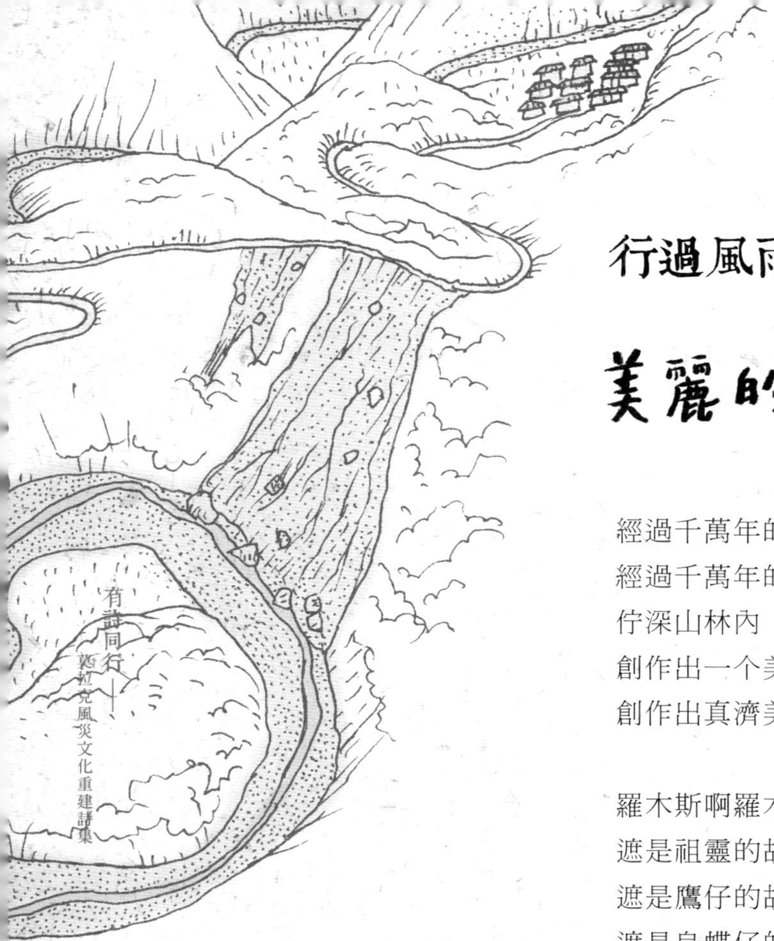

行過風雨了後——八八風災三年

美麗的山谷

藍淑貞

經過千萬年的切割
經過千萬年的雕刻
佇深山林內
創作出一个美麗的山谷
創作出真濟美麗的傳奇

羅木斯啊羅木斯（註一）
遮是祖靈的故鄉
遮是鷹仔的故鄉
遮是烏蝶仔的故鄉
野百合滿山遍野生長

有巴冷公主（註二）的戀情
有多納溫泉的故事
當「黑米祭」的歌聲
傳遍每一个山谷
「山中傳奇」開始流傳

長長長的多納吊橋（註三）
伐（hānn）過濁口溪頂
送走情人了後
戀情猶佇橋頂徘徊
等待伊平安轉來

二〇一二年一月十六日

註一：【羅木斯】茂林谷原名「羅木斯」，魯凱語為「美麗的山谷」。
註二：【巴冷公主】魯凱族「阿巴柳斯」家族的公主，鬼湖情戀的女主角。
註三：【多納吊橋】吊橋長約 230 公尺，高約 100 公尺。日據時代多納族人必經的路徑。

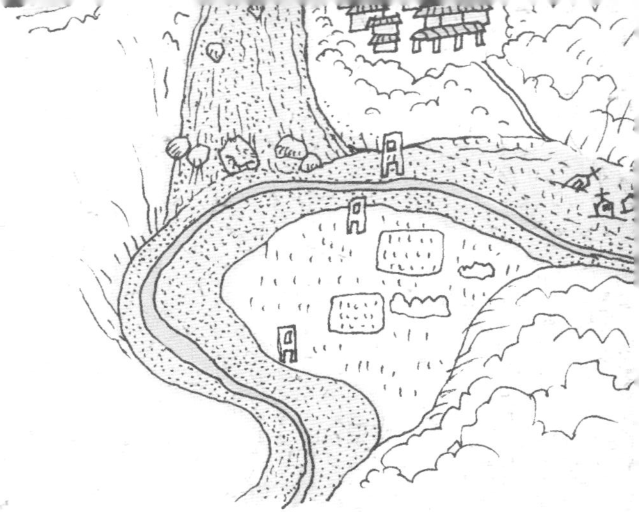

行過風雨了後

藍淑貞

行過濁口溪
看濁口溪水賰（註一）一氣絲仔
佇亂石四散的溪埔彎彎斡斡（uat）
走揣（註二）一條好行的路

行過蛇頭山
看變形的蛇頭
覆佇溪埔（註三）咧吐大氣
已經無氣力來守護這塊土地

行過龍頭山
看崩裂的山壁傷痕累累
新種的樹栽猶遮爾（註四）軟弱
毋知佇時才會大欉

「老鷹峽谷」早就揣無鷹仔
無聽著囡仔的吼聲
無聽著少年人的笑聲
干焦賰怪手 khi-khi khok-khok 的挖塗聲

恬恬（註五）守佇門口的老阿媽
用孤寂的眼神
歡迎阮遮--的
走揣災後痕跡的過客

註一：【賰 (tshun)】剩。
註二：【揣 (tshuē)】尋找。
註三：【溪埔】河床。
註四：【遮爾 (tsiah nī)】這麼……。

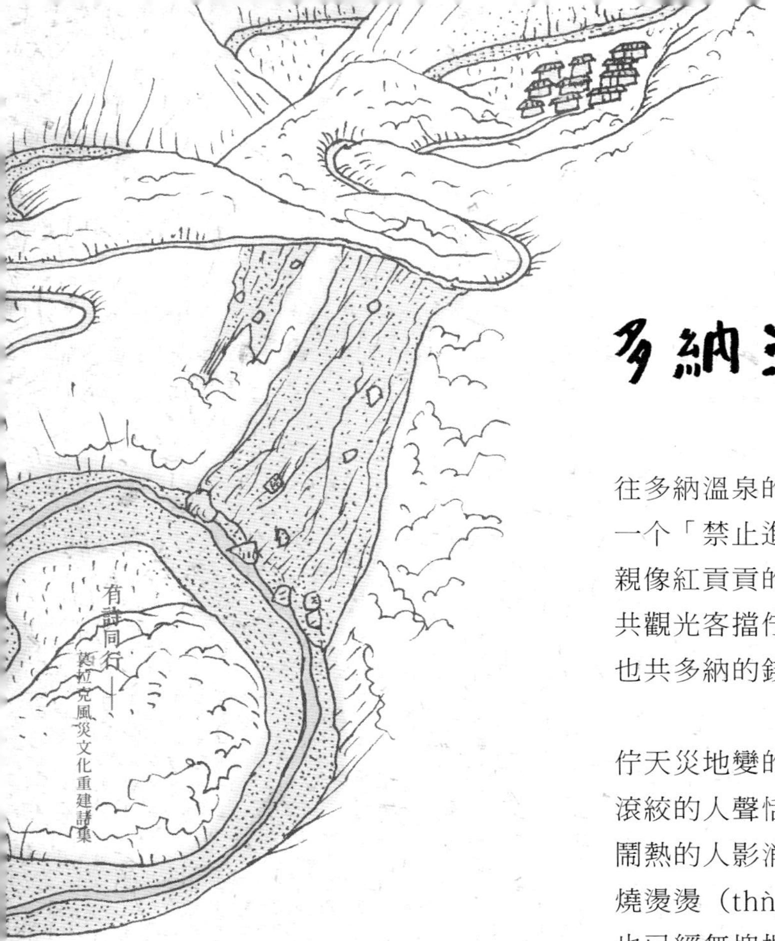

多納溫泉

藍淑貞

往多納溫泉的路口
一个「禁止進入」的紅牌
親像紅貢貢的血跡
共觀光客擋佇外口
也共多納的錢水（註一）擋佇外口

佇天災地變的一時間
滾絞的人聲恬靜--矣
鬧熱的人影消失--矣
燒燙燙（thǹg）的溫泉
也已經無塊揣--矣

雖然風停 雨也停
新造的橋斷了閣再造
新鋪的路崩了閣再補
猶原揣無一條
平坦的路通轉去

白雲戀愛故鄉
猶原佇山頭盤踅（註二）
山跤的野百合
擛起古吹
歕一條思鄉的情歌

註一：【錢水】財源。
註一：【盤踅 (puânn-seh)】盤旋。

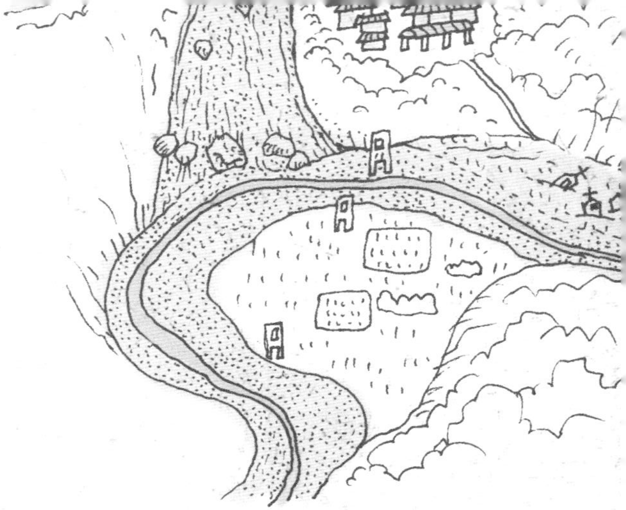

野百合的心聲

藍淑貞

清白的野百合
親像巴冷公主
愛佇青翠的山谷
愛佇深藍的湖邊
演唱像天籟的歌聲

當歌聲佇山谷回轉的時
規山的鳥仔攏來合唱
寄生佇樹仔的蘭花笑微微
滿山滿谷的烏蝶仔
攏聽甲醉醉醉

佇山崩地裂彼（hit）一時
真濟野百合綴（註一）砂石墜落
坮（註二）佇溪埔底
猶做無聲的喊喝
認真走揣性命的根源

多納村的勇士
毋通失志
趕緊擛起野百合的古吹
歕出祖靈的心聲
歕出一條曠闊的路通行

註一：【綴 (tuè)】跟、隨。
註二：【坮 (tâi)】埋。

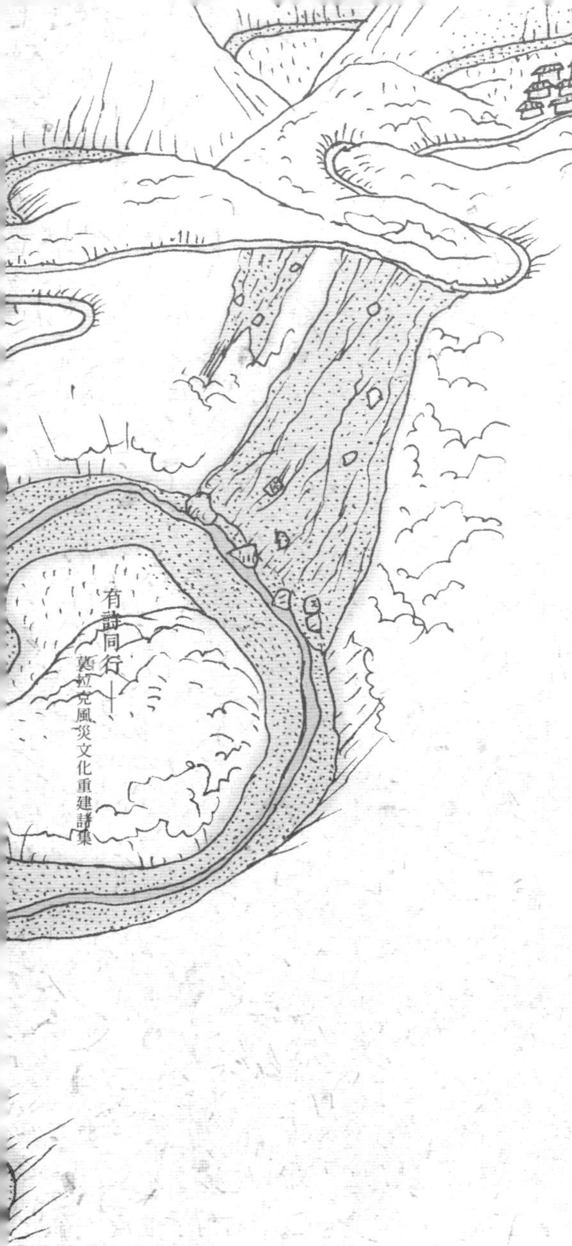

孤寂的老阿媽

藍淑貞

雖然大水沖（tshiong）歹厝宅
雖然塗石掩坎田園
孤寂的老阿媽坐佇門口埕
猶原守佇這塊土地
等伊的囝孫轉來

失去親人的痛苦
失去家園的傷悲
寫佇伊的眼神
寫佇伊滄桑的面
深刻佇堅強的心

雖然傷痕猶原存在
時間會當減輕心內的痛疼
等祭典的火閣再燃起
希望佇火星爆發
就是族人閣再轉來的時

作家簡介

藍淑貞，台南紅樹林台語推展協會會長，曾獲現代詩創作獎首獎；散文集結成冊正獎；教育部推展母語傑出個人貢獻獎等。著有：台語詩集《思念》、《台灣圓仔花》、《走揣台灣的記持》；台語散文集《心情的故事》；現代台灣囡仔歌詩集《愛食鬼》、《雷公伯也》；《最新台灣三字經》、《台語說唱藝術》、《台語演講得勝祕訣》、《細說台灣諺語》、《台灣囡仔歌的教學佮創作》等。

萬山部落

萬山部落編織的婦女

多納溫泉

濁口溪流域（茂林、旗山）

景點介紹

文／謝一麟

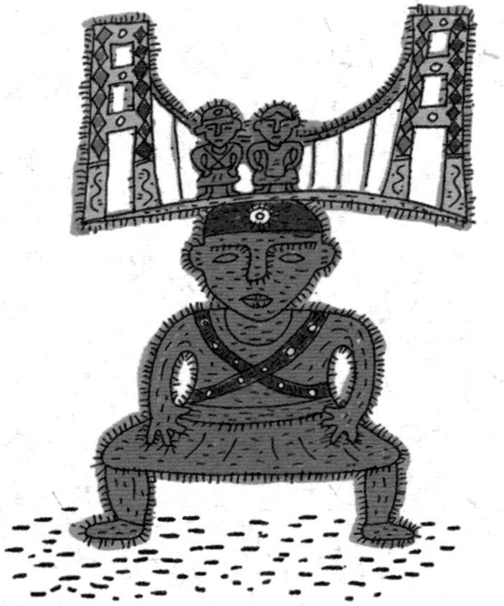

多納吊橋

建於日治時期，橋長二三二公尺、高度一〇三公尺，是東南亞最高的吊橋。橫跨濁口溪，連結萬山村和多納村兩部落，是當地重要交通要道。一九九七年整修改建後，橋座漆上彩繪，有百步蛇、陶壺、百合花、獵人、山豬等魯凱族神話故事的傳統文化元素，別具視覺特色。多納吊橋位於進入「美雅谷」（阿夏娜）入口前約二〇〇公尺處，站在橋上可以看見溪流蜿蜒與山林遠景，視野壯闊，心曠神怡。

位址資訊：鄉道高132線至茂林鄉後約二十四公里。

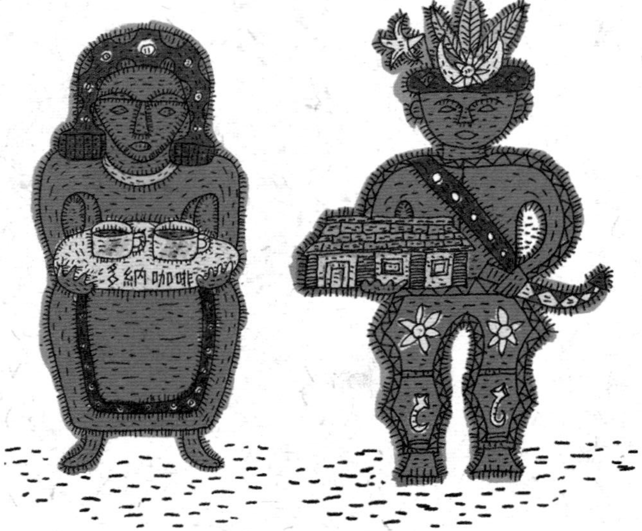

多納社區石板屋——頭目的家、多納咖啡屋

石板屋是魯凱族傳統家屋形式，用黑灰板岩及頁岩經簡易加工後堆砌而成具有文化特性的住屋。傳統建築結構及設計非常簡單，以石片一層層堆成牆壁，以木材蓋成橫樑，屋頂以樹皮及蘆葦蓋成，地上鋪石板，到後來已經進步到全部使用石板，並開始雕刻中心柱，建築時不用一根鋼鐵，即可建造出獨特又堅固的房子。如果石板屋的牆上有百步蛇的圖騰，就表示這是頭目的家。多納社區部落頭目的家經過整理修築，現已成為公共空間，供人認識了解多納部落的石板文化。社區裡的「多納咖啡屋」也是傳統石板屋建築，內有多納、瑪家、德文咖啡，小米酒，還有原住民藝品販售。這兩處都是走訪多納社區必停留點。

位址資訊：茂林區多納里（鄉道高132線）。

烏巴克藝術空間

茂林風景區內的「烏巴克藝術空間」創辦人烏巴克（UBaKe）出生於茂林，擅長用魯凱族的傳統文化題材百步蛇、百合花、陶甕等等作為藝術創作元素，製作如髮簪、記事本、桌椅、刀具、飾品等創意商品，既傳承也發揚祖先的傳統智慧與原民文化。他的妻子是來自布農族的謝秋美（Savi），則製作琉璃珠、皮飾品，兩人延續著祖先所流傳的技藝，聯手展現原民文化轉化為創意產業的無限潛力。烏巴克出生於茂林，台灣多處旅遊景點都有他的作品，包括：嘉義伍角船板、阿里山茶山民宿、等，他利用廢棄材料創作，展現粗獷原野趣味及原民智慧，形成獨特的藝術文化表現。

位址資訊：茂林區茂林村一一六號。

紫蝶幽谷、得恩谷民宿

每年冬天，至少有超過百萬隻越冬的紫斑蝶會來到大武山腳下山谷，形成「紫蝶幽谷」，和太平洋彼端的墨西哥「帝王斑蝶谷」，併列為目前世界兩種大規模「越冬型蝴蝶谷」。「紫蝶幽谷」只分布在排灣、魯凱族人居住的中低海拔山區（高雄、屏東、台東縣），其中最密集的茂林地區至少有七個紫蝶幽谷。紫蝶幽谷並非一個地名，而是用來專指紫斑蝶群聚越冬的生物現象。越冬的紫蝶主要有四種：小紫斑蝶、端紫斑蝶、圓翅紫斑蝶、斯氏紫斑蝶。

「得恩谷民宿」主人陳誠本身是退休教師，也是生態保育、文史工作者，長期在茂林進行紫斑蝶的保育、推廣教育工作，希望大家可以體驗大自然的奧妙與美好，先民與自然共處的智慧，也進而用深度生態旅遊的方式帶動當地就業與茂林的繁榮。民宿位於濁口溪谷旁，四周的原始林相充滿了各種保育類的蝶類、蛙類、鳥類，是體驗茂林自然人文特色的好所在。

位址資訊：茂林區茂林村一三八號（得恩谷民宿）。

中寮昊天宮

昊天宮位在標高三九三公尺的中寮山上，廟中主要祭祀玄天上帝（上帝公），寺廟除了建築外觀莊嚴，屋瓦上的傳統剪黏精緻華麗外，廟公林文能阿公更是一大特色。他出生於一九一七年，今年九十六歲高齡，在中寮社區土生土長，與妻子結婚七十四年，育有一女四子，目前已有五個曾孫。身體硬朗、耳聰目明，最具特色的是他耳朵長達八公分（一般人約六、七公分），耳垂特別外顯，由於民間習俗相信「耳朵大有福氣」，大批香客、自行車友前來進香、休息都要摸一下阿公的耳垂，成為中寮山上有趣的人文景點。

位址資訊：高雄市旗山區中寮里中寮二路四十七號

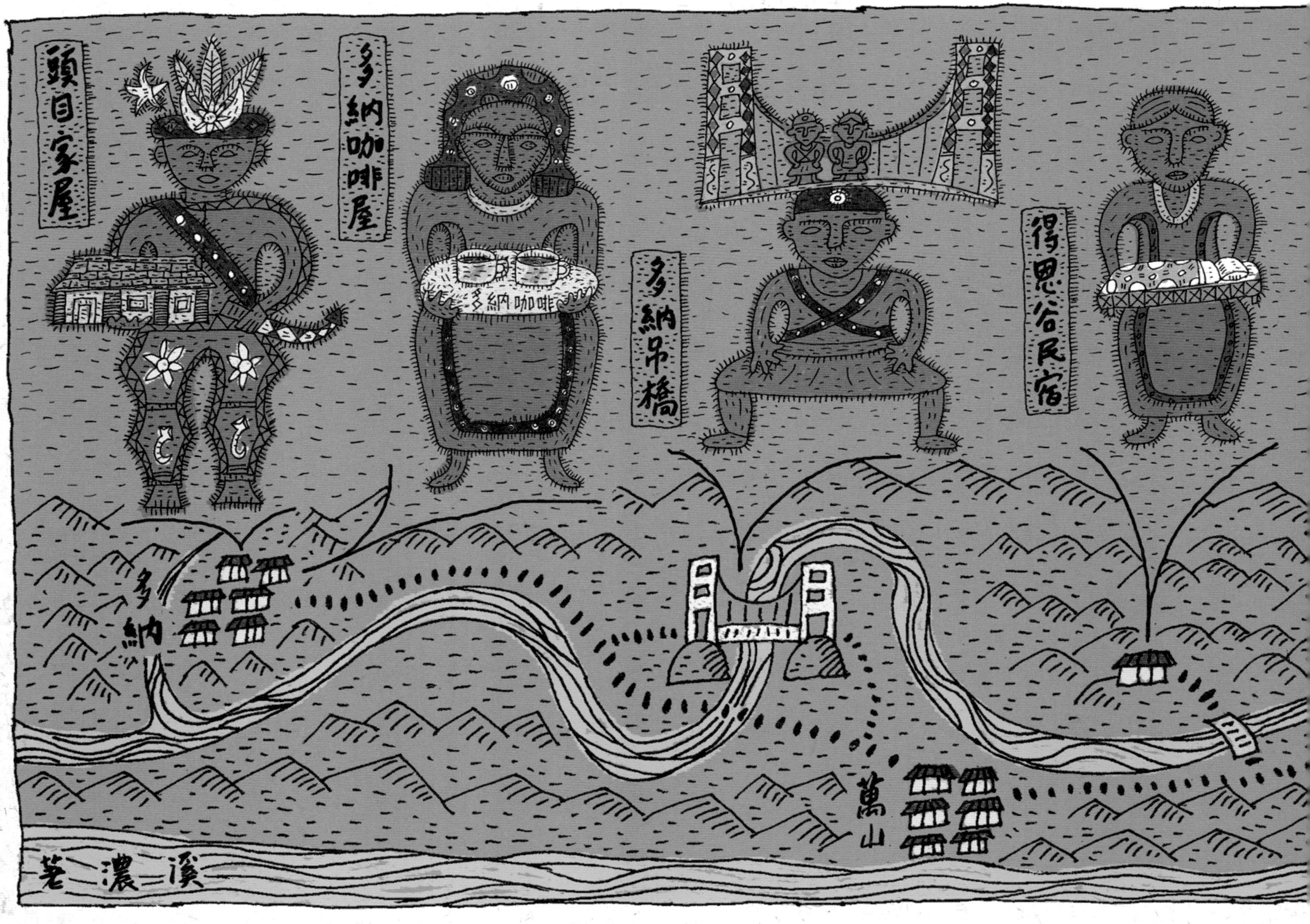
頭目家屋
多納咖啡屋
多納咖啡
多納吊橋
得恩谷民宿
多納
萬山
荖濃溪

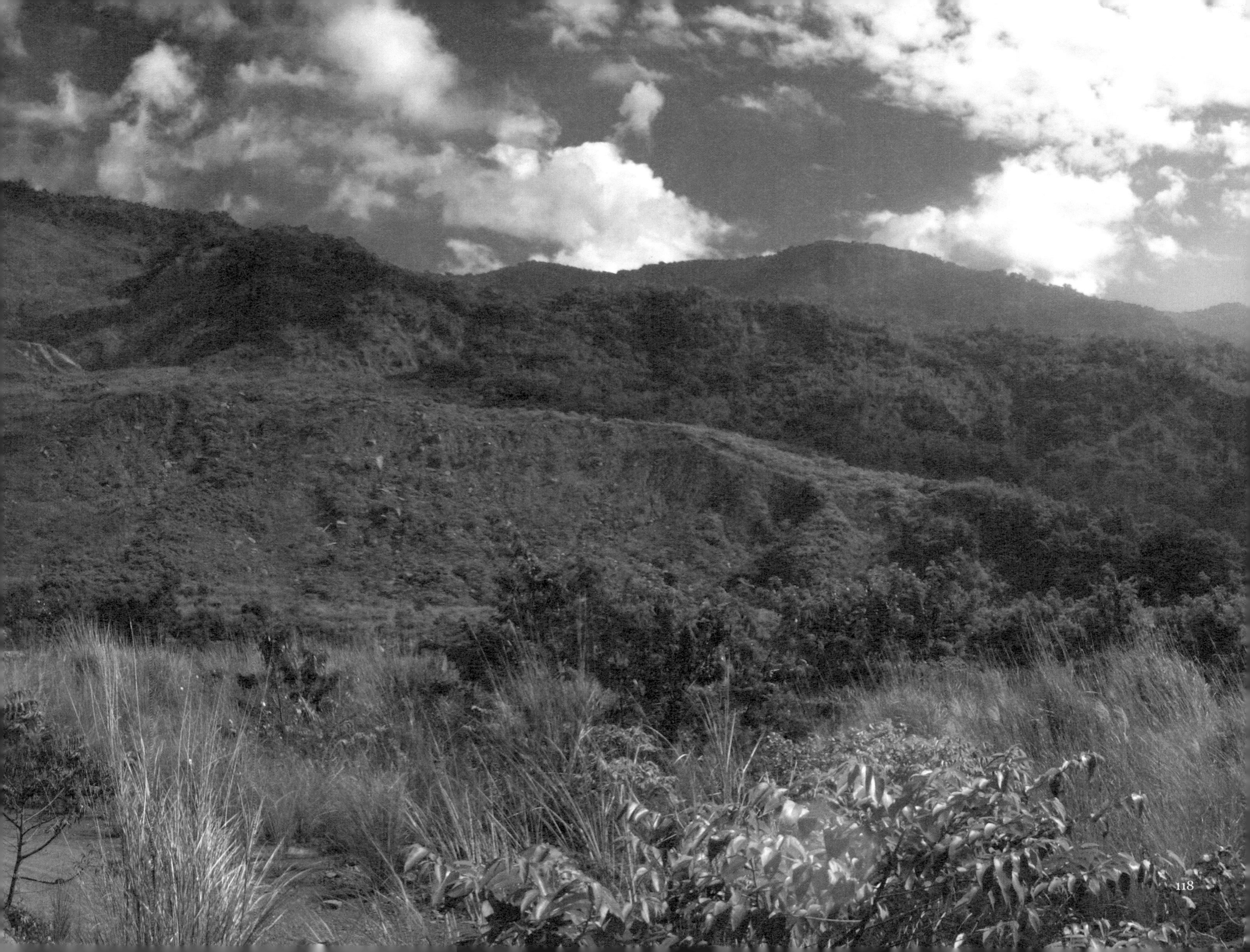

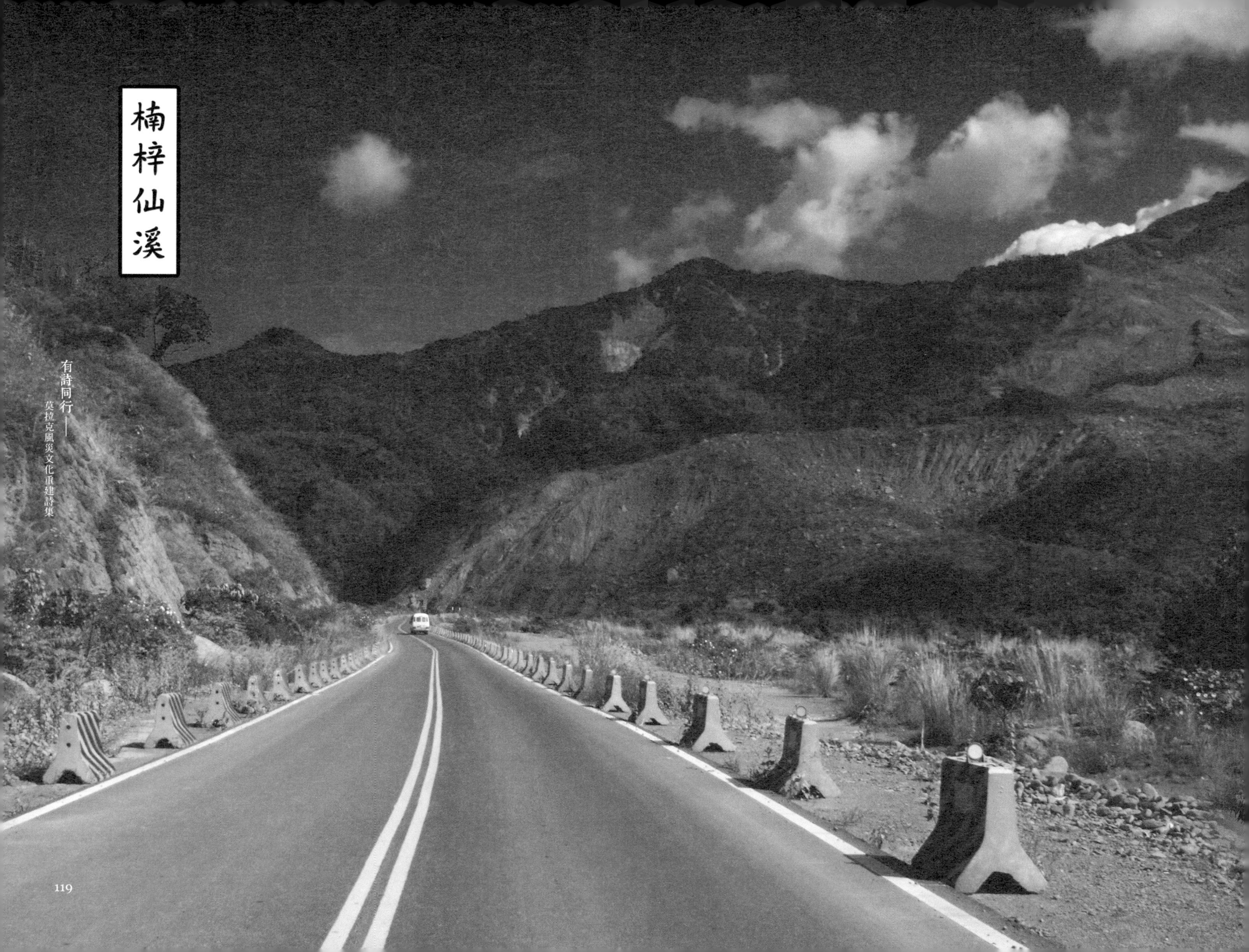

楠梓仙溪

踏尋莫拉克風災後的祖靈地

文 / 張德本

高雄市政府文化局關切莫拉克風災楠梓仙溪災區現況，於 2011 年 12 月 3 ～ 4 日，特別安排領隊林純用、林芷琪規劃踏查行程，邀請詩人張德本、陳秋白、王希成、喜菡、潘弘輝、鄭順聰及畫家林建志、攝影家盧昱瑞與文化局同仁等十五人，實地探訪災區。

3 日上午沿 21 公路北訪甲仙區五里埔小林社區，中午享用平埔風味餐，午後抵那瑪夏南沙魯部落聽布農重建心聲，殘壁廢屋依在，怵目驚心。隨後轉至那瑪夏達卡努瓦部落，由 Kanakanavu 族文教產業發展促進會長引導參觀祖靈祭屋，並介紹該族目前有四百多名族人，他們有不同的語言與文化傳統，但不被承認的處境。晚餐在甲仙用餐，夜宿仙埔山莊。

4 日上午游永福引領參訪甲仙有機公田、350 高地，午後赴杉林區慈濟大愛、小愛園區，訪視莫拉克風災最大規模永久屋基地，災民普遍懸念山上的田園，感嘆住在園區缺乏工作機會。踏查行程結束後，文化局計畫出版《莫拉克風災三週年紀念詩集》，邀請同行踏查六位詩人，每人各寫五首詩。

張德本以台語詩書寫〈辜不二衷佇這生佮死〉，表現歷史的土石流無停掩埋 / 西拉雅阿立祖的血脈，〈恁逐日攏咻恁濾過的原罪〉，控訴漢人壓迫的歷史原罪，用一粒一粒 / 漢人刀下的芋仔象徵〈阮逐冬攏仝季節轉來的頭殼〉位平埔土地所發出來 / 歷史被滾 sa 過記智的鬆軟！

陳秋白以台語詩呈現受災的 Nansalu tu laia一面象徵布農南沙魯部落的國旗。另外 Kanakanavu 族目前 dī 台灣有四百外名族人，in 有無 -gāng 的語言 gah 文化傳統，毋過猶無被台灣的政權承認。並且以消失的 Siraya 部落來關切平埔族的處境。

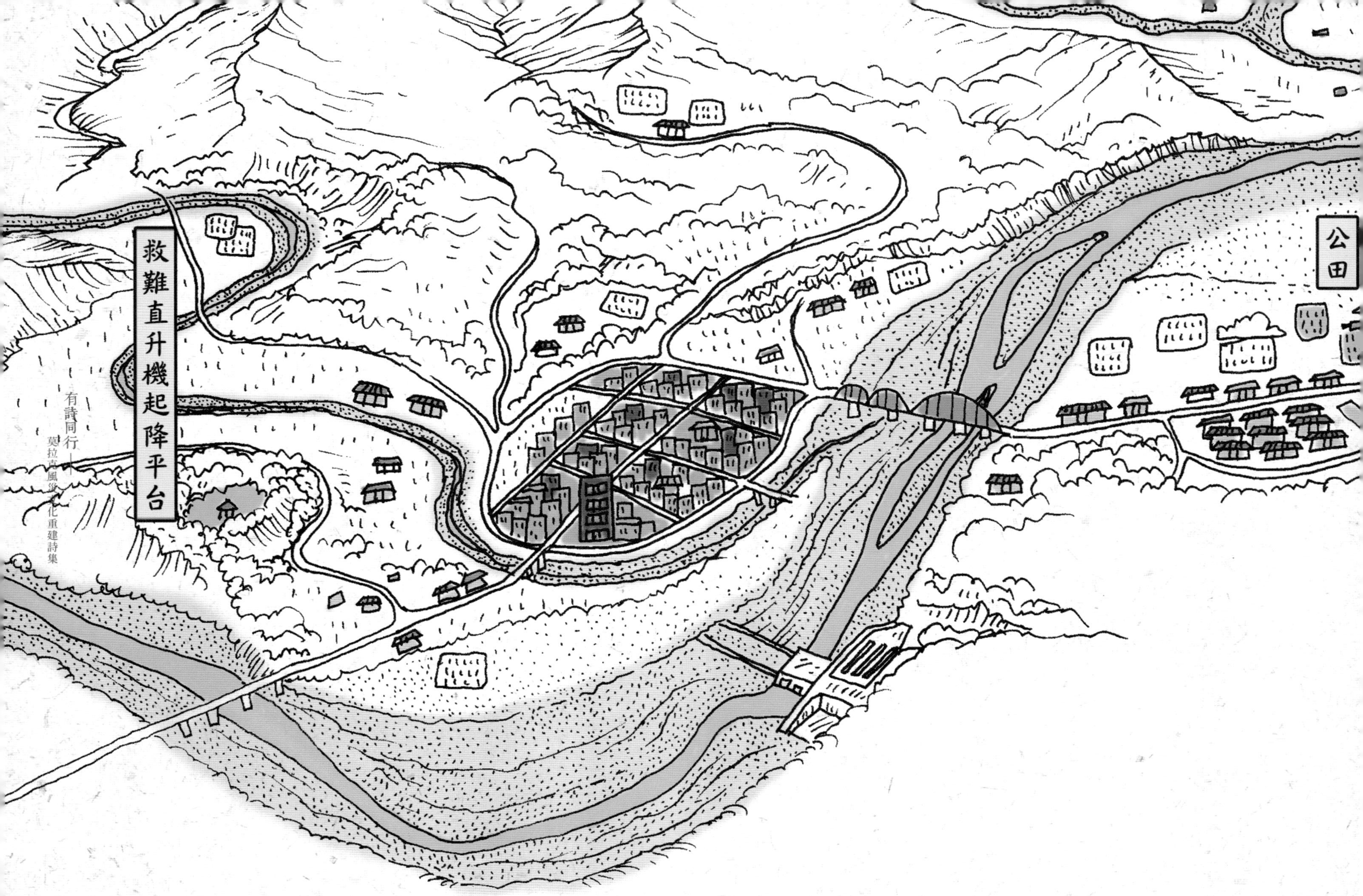
救難直升機起降平台
公田

王希成以台語詩描述〈我已經找無彼條路〉強調劫後餘生者對母土的執念，以〈阮欲倒轉去〉埋入 / 向望的種子，等候 / 落根堅守這片土地，以〈天頂金爍爍的子午星〉祈禱祖先的獵場 / 農場回春，以〈伊心內有一區田〉向望八八受災的田園做穡人、種作活倒轉來。

喜菡以〈如果，嗚咽是妳的名〉為總題，關切災民永久屋的夜不永久？桌球桌被怒水劈走 / 跟著走的是 / 一球球的親人 / 屬於過往的獎盃與榮耀 / 在公所門前苦等 / 苦等下一個發過來的球　抵死不走的我們 / 捧著一根根親人的夢 / 要釘下，還要起飛。

潘弘輝五首詩寫整個家族罹難後的倖存者〈阿亮的夢〉，他堅持回小林，傳授麵包烘焙　決定成為一欄發酵的光　重生的食糧。

鄭順聰運用〈倒車〉：人在哪裡？〈飆速〉：剎車早失靈任回憶打滑找不到盡頭〈雨刷〉：大雨當晚斷掉事物的清單〈上鎖〉：命運鎖上，鎖上命運雖被掩埋，不能掩埋〈停〉：停，停下來，打開車門走出自以為是的聰明，來表現小林印象。

今年初春，從 20 公路南化區下歸林北接南 179 公路，經南化水庫、關山村，過瑞峰國小後，右接南 179-1 公路東北行，在僅容小客車通行的山中產業道路，蜿蜒上下坡二十幾公里後，終於抵達那瑪夏部落，走通昔日西拉雅平埔族西、東阿里關間的流離之途，小林人的祖先，是被漢人逼迫走這條路遷到五里埔，這是四百年前台江內海西拉雅族，向東流離最後之地，倖存綿延子孫，就是莫拉克土石流滅村的小林子民！台灣人 DNA 中都流有不自知的平埔血緣，歷史的土石流層層覆蓋淹埋他，這災難是天然加上人為，歷史加上現實的！

詩人以文學寬懷柔軟的心，踏查歷史殘酷災難的現場，期望祖靈地各族的歷代祖靈能夠庇佑！儆醒人們！停止歷史土石流再度肆虐大地！

那瑪夏達卡努瓦（民生部落）

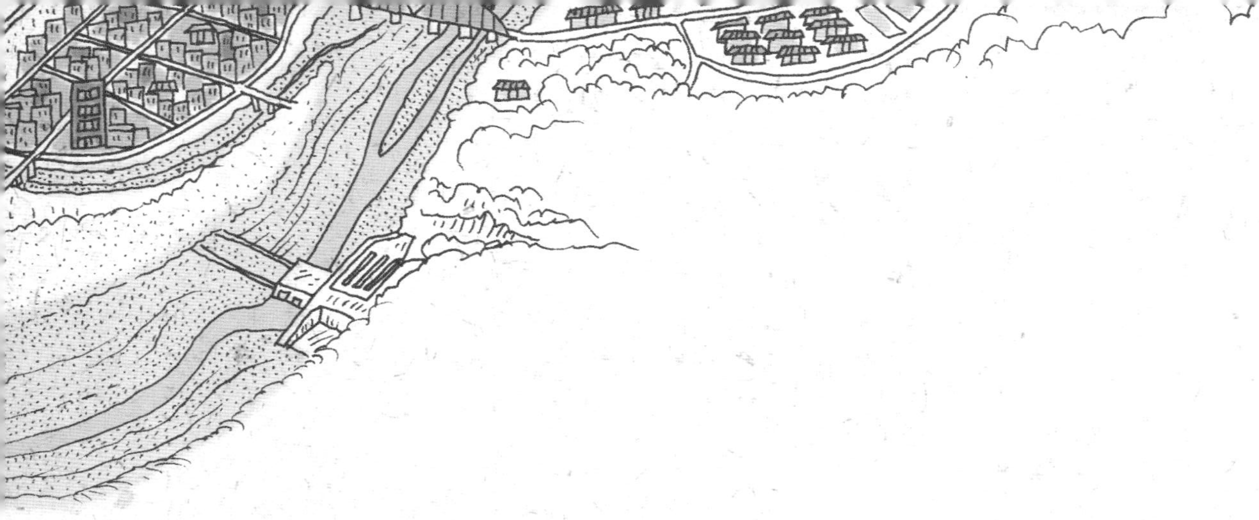

如果，嗚咽是妳的名

想你的荒涼

喜菡

狗吠著夜
夜縮進楠梓仙溪急轉的渦輪裡

螢幕上
帶毒刺的選舉宣言
戴假髮不戴假髮的小丑魚
彼此共生彼此推擠著

號稱的救世主備妥方舟
要救民救蒼生
不救可恨又可恥的民調

民調藏起自己
在那瑪夏土石流推歪的屋樑間
笑得好無辜

而我
正在逃亡
向你的荒涼

所謂溯溪
慟，是唯一知覺

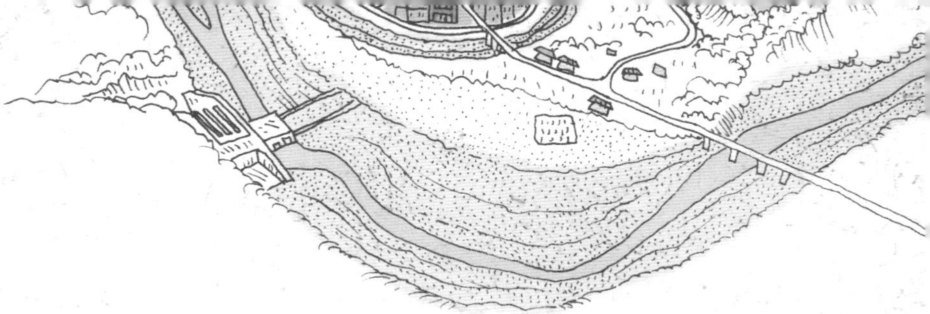

趕鳥？

喜菡

遠處近處皆是砲聲
穿著華麗的稻草人是赴死的祭品
田，綁在與土地為善的理想上
輕輕一拉
就斷成兩截

套不住的鳥嘯
如箭射發
一株稻穗私語向一株稻穗
：戰死也是一種凱旋？

當明日翻成黃花
箭呼應著山
開始轉向

甲仙有機公田的稻草人

站在

喜菡

紀念公園即將紀念著
村的被炸沉？
村民的被迫疏開？

寧願是一趟千里苦行
也不要是一座被水焚的煉獄

原來
堰塞湖已被緊緊封口
不再有掀開真相的誰

而他們
正在說著他們先人的來不及懂得
站在他們先人一吋吋被撕裂的魂魄

那瑪夏南沙魯（民族部落）

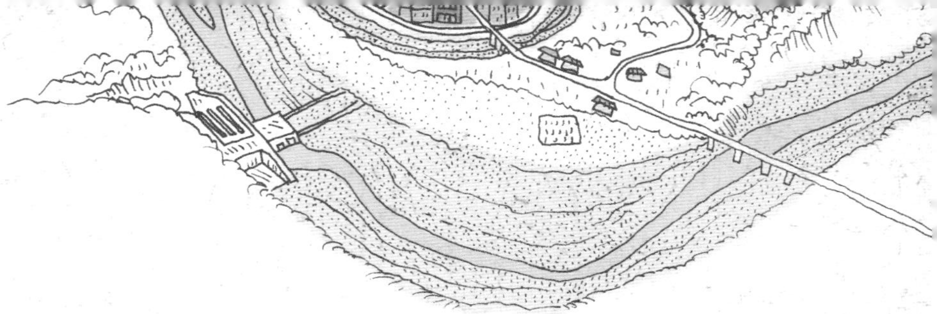

永久屋的夜不永久

喜菡

永久屋的夜不永久
門縫裡糾結著山上的歌

永久屋的夜不永久
一整盒拼圖
拼了又拆

沒有形容詞的生命叫蒼白
蒼白不諳山下沒有月光的日子
對著鏡子梳頭

惡夢在胃裡穿孔
嚥下一口氣
洩出一整條溪的哀厲

山上的紙星星嵌在窗邊
夜，終於有了家的溫度

永久屋的夜不永久？

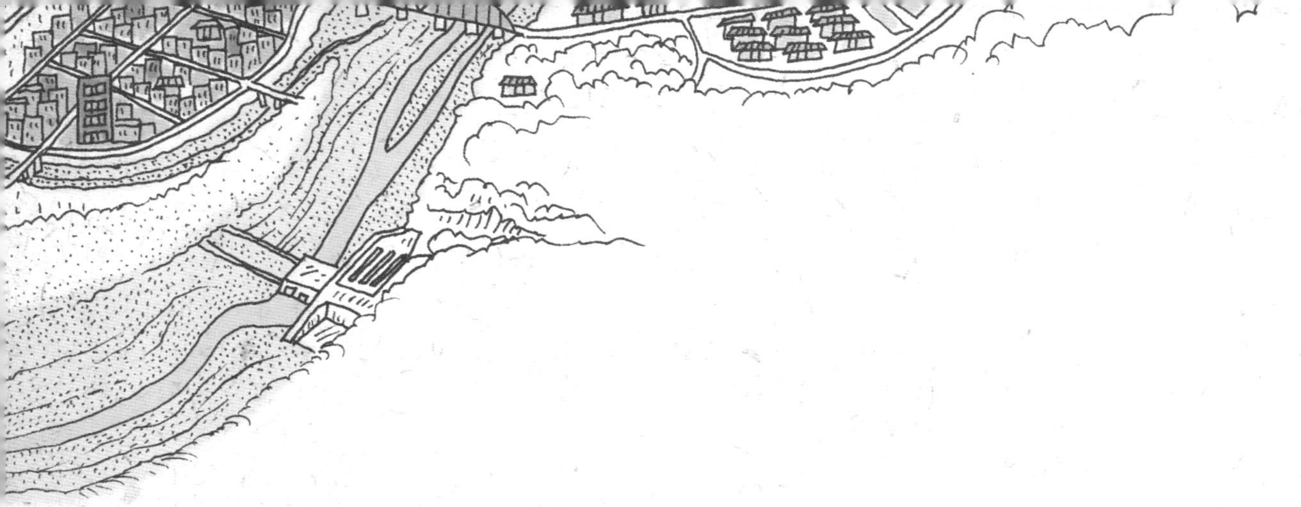

夢想起飛

喜菡

我們的遊戲規則我們訂定
包括我們要死在哪條溪？活著
用哪一個山洞呼吸

一把把野菜
來自腳邊
我們正學著讓生活萌芽
災民嗎？
那是兩年前的事

唯一的街剩下車轍
漸漸瘸了的公權力
停了
也走了

桌球桌被怒水劈走
跟著走的是
一球球的親人
屬於過往的獎盃與榮耀
在公所門前苦等
苦等下一個發過來的球

抵死不走的我們
捧著一根根親人的夢
要釘下，還要起飛

MAUNIN 裡一口口扒飯
梅子芋頭竹筍熟了
彩虹，就能帶親人回
家

作家簡介

喜菡，台東人，現居高雄，淡江大學中文系畢。曾任「港都文藝學會」總幹事、台灣新聞報「台灣寫真」專欄執筆、高職國文教師。現任喜菡文學網站長、大憨蓮文化工作室負責人。熱衷文字影像創作，以推廣生活文學、文學生活為職志。出版：《骨子裡風騷》詩集、《今夜化濃妝》小說集、《蓮惜》影像詩集、《到旗津打卡》報導影像文學集、《深情》旅行影像散文集、《靠近》旅行影像散文集、《寶島漫波》電影書、《鳥族與鳥族的喀什米爾旅行》旅行影像詩集。

莫拉克風災小林滅村踏查詩抄

辜不二衷佇這生佮死

張德本

台窩灣平原草埔的梅花鹿將近滅絕
母土被佔
漢人趕阮先祖流亡
刺桐花咧流血
留佇原地的人改漢姓做奴做婢
早即被同化

攀過走馬瀨 噍吧哖 烏山 到阿里關 那瑪夏
辜不二衷佇山內斗底溪邊五里林
偷生
毋管 peh 過外濟粒懸山
陪伴阮的攏是山谷咧哭的委屈
小林村是日本殖民的傷痕
三民鄉是中國硬改的侮辱

本正阮的先祖毋是蹛佇遮
歷史的土石流
無停掩埋阮阿立祖的血脈
布農人的懸山阻擋
懸山是眼前的絕望
阮無法度閣前進
袂無法度轉去血跡的源頭
稀微勼匿佇那瑪夏溪谷底
辜不二衷佇這生
辜不二衷佇這死

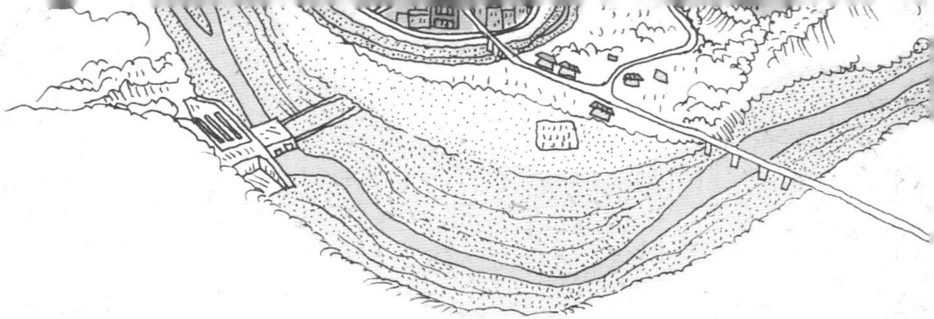

恁逐日攏咻恁濾過的原罪

張德本

分杈的樟樹
樹椏大小支手骨
隨在人斬
隨在人剉
隨在人榨
隨在人煉
Ga 污暗剝削提煉做潔白的樟腦
無見血 ga 阮頭殼心的白腦髓抽出來
永遠 ga 阮當作縮乾的焦粕擲捨
出賣阮憨直的潔白
換做帝國貪腐的紋銀

土石流
淹阮的喘喟
像漢人的歷史
淹埃阮的莊頭

恁吃的水
源頭流過阮這
恁吃的水
有透濫活埋佇溪河底
阮的族人的血水
恁逐日攏咻
恁濾過的原罪

滅族的骨頭灰全部變做土粉
就算土粉攪入這塊土地
恁雙腳永遠袂是閣踏佇
阮的頭殼頂

阮逐冬攏仝季節轉來的頭殼

張德本

一粒一粒
阮逐冬攏仝季節轉來的頭殼
一刀一刀剖
烏皮清香
紫色的毛管孔
猶咧喘喟的樸實
一層一層
被削落來的日月光眩
飽紮的肉
一喙一喙咬
位平埔土地所發出來
歷史被滾 sa 過記智的鬆軟

阮逐冬攏仝季節轉來的頭殼
一粒一粒
漢人刀下的芋仔

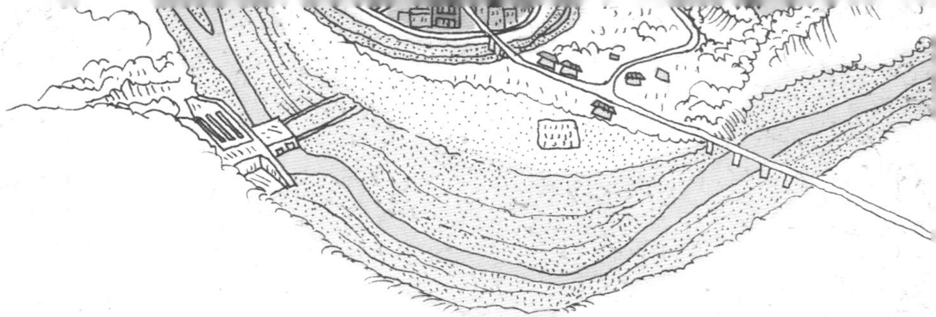

漢人攏用in的愛叫阮愛知足

張德本

八八風災滅村後
今袂漢人用 in 的大愛
安排阮蹛佇小愛村知足街
阮失去親人欲安怎知足？
阮失去田園欲安怎知足？
阮無工課無依偎欲安怎知足？
阮一無所有欲安怎知足？

只好佇大愛中繼續偷生！
辜不二衷佇偷生中向望重生！

山林的滅亡
滅亡河川的滅亡
河川的滅亡
滅亡田園的滅亡
海岸的滅亡
滅亡都市的滅亡

土地的滅亡
滅亡島嶼的滅亡
平埔的滅亡
滅亡漢人最後自己的滅亡

生存過的一定會滅亡
滅亡過的有可能閣再重生
屈辱敢永遠袂滅亡？

作家簡介

張德本，高雄人，筆名無葉、木能。曾任高中教師，國藝會文學、視聽藝術類評審，文學營講師，高雄市電影館企劃影評。著詩集《未來的花園》、《在時光中》、《沙漏的眼神》、《泅是咱的活海》等十餘種。2010 年完成兩千五百行台灣語史詩《累世之靶》。

阮的傷痕永遠哭袂出聲

張德本

阮的傷痕是用恁的言語會當哭出聲的嘎？
從來毋捌伫部落隔暝竟然敢寫部落的星夜！
從來毋捌攑過弓槍竟然敢講打獵的瞄準！
從來毋捌見過羌鹿竟然敢臆伊逃走的速度！
毋捌攬抱岩石敢知影誓言的重量？
毋捌爬上山稜欲安怎感受龍骨的承擔？

恁總是用文化村來消滅阮的文化
用保留囚禁阮的手腳
用禁獵來盜獵
用禁伐來濫伐
用禁建來違建
啥人敢閣用優雅的漢字記錄阮即欲消失的母語

所有毋知的攏是自然
所知影的一絲仔攏是意外

在島嶼　山脈　綠野　田園　故鄉
　種作　分配　毀壞　割讓　占領
　出賣　放捨　贖身裏

斬剉掉的頭殼恬恬
溪埔頂砂坪的粒粒西瓜
瓜藤交纏四界旋的冤魂
溪頭深山懸懸烏雲罩頂
暴雨沖拚的歷史
流向消失記憶的海洋

海水有外鹹目屎即有外鹹
海峽有外深怨氣即有外深
田土有外厚流血即有外厚
高山有外懸壓迫即有外懸

莫拉克災後小林村

那瑪夏南沙魯（民族部落）

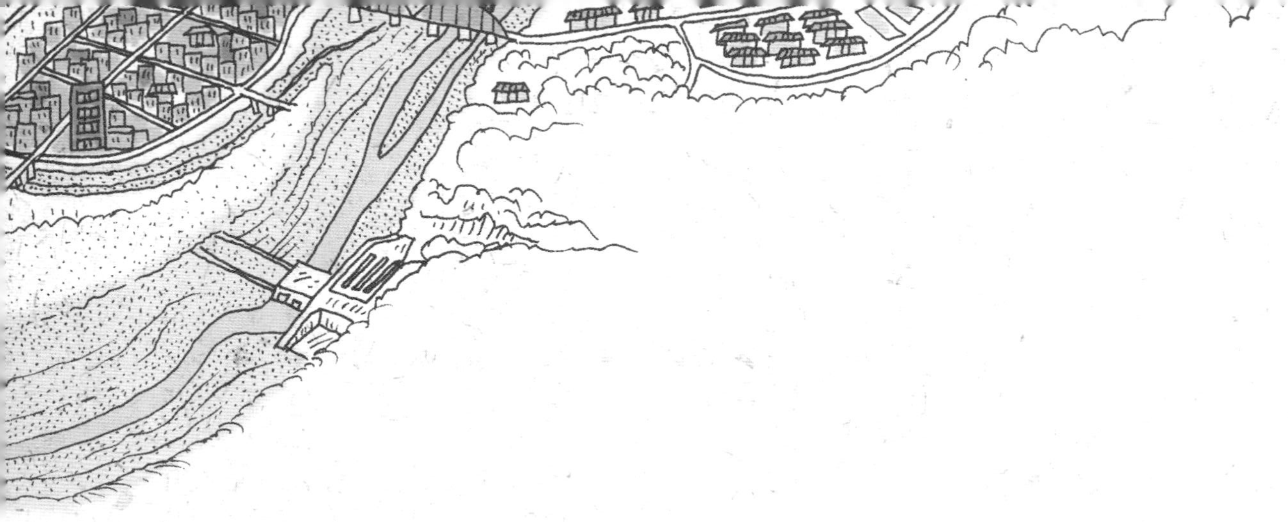

我已經找無彼條路

王希成

偆我一个人
遮是啥物款的匿相找？

山猶原是山，毋閣
青筍筍破相囉！

路猶原是路，卻是
卡早彼條路已經予
強強滾的土石阿壓迫
毋知匿去叨位

敢也偕小林國校、社腳
四百幾個庄民仝款
藏入去三四層樓厚的
砂石下底？

阮某、囝仔，阿爸、阿母
袂赴喝咻出來的叫聲
掩勘佇大風大雨
大陣的滾蛟龍裏底

伊大家講：
叨一個土腳無埋死人
嘴齒根咬也
日子嘛是愛過

無講啥貨，過去的我
現在的我，未來的我
固執欲找小林村
原來彼條路

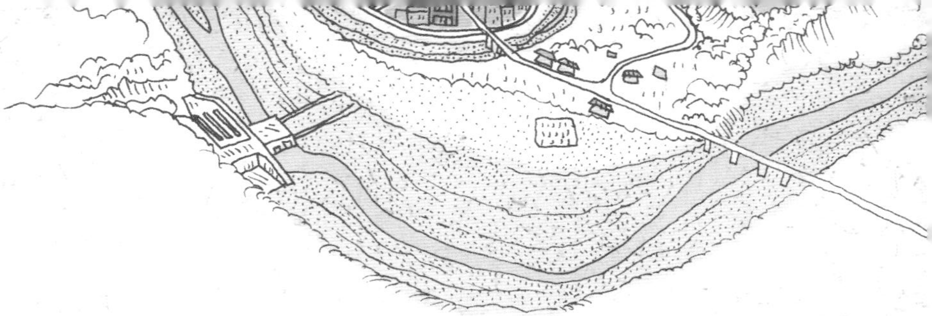

註：

【倖我一个人】：剩下我一個人

【遮是啥物款的匿相找】：這是怎樣的捉迷藏

【毋閣】：但是

【青筍筍】：臉一陣白一陣綠

【卡早】：早期

【予】：給，讓

【強強滾】：滔滔不絕

【毋知匿去叨位】：不知躲到那裡

【敢也偕】：會跟

【社腳】：社區，村莊

【仝款】：一樣

【阮某、囝仔】：我妻我子

【袂赴喝咻】：來不及呼喊

【掩勘佇】：掩蓋在

【滾蛟龍】：土石流

【叨】：那

【土腳】：土地下面

【嘛是】：也是

【啥貨】：什麼

那瑪夏南沙魯（民族部落）遭土石流淹沒的校園

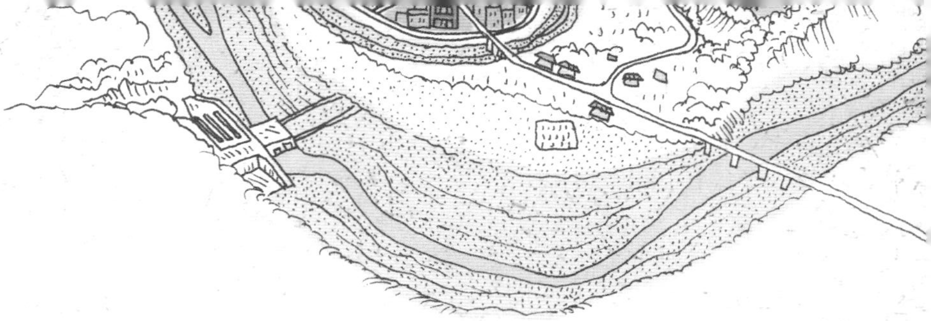

阮欲倒轉去

王希成

親像樹葉仔離開大樹
四界流浪，嘛是
欲倒轉去走找家己的根
熟識的土地芳味

二〇〇九年八月初八
下埔六點外，五秒鐘耳耳
山林反面無常，用土用石
活埋偕伊做伙幾千年的庄頭

土色的雄流，宛然
一隻大掃刀，簡單就
將部落、村民、國校
所有對外的交通掃掃無去

祖靈？我敬仰的上帝？
佇土石裡面哀叫的哭聲
有人聽到嗎？
有人伸手解救嗎？

那毋是匿入去山頂避難厝
五秒，短短五秒
地圖頂懸又閣消失
一个庄社一个部落

拒絕山腳安份的永久厝
堅心拍拼重建卡早
靠山食穿，簡單
飼飽後生查囝的生活

找倒轉來山林的慈悲
清幽、恬靜，埋入
向望的種子，等候
有一日會湅大欉
落根堅守這片土地

註：
【阮欲倒轉去】：我們要回去
【四界】：到處
【嘛是】：也是
【走找家己】：找尋自己
【芳味】：香味
【下埔】：下午
【耳耳】：而已
【偕】：和
【作伙】：在一起
【雄流】：急流，激流
【佇】：在
【那毋是匿入去】：如果不是躲進去
【頂懸又閣】：上面又要
【一个】：一個
【拍拚】：打拼
【卡早】：早期
【後生查囝】：兒子女兒
【向望】：希望
【會湅大欉】：能夠長成大樹

那瑪夏南沙魯（民族部落）工人正忙著修建新的教堂。

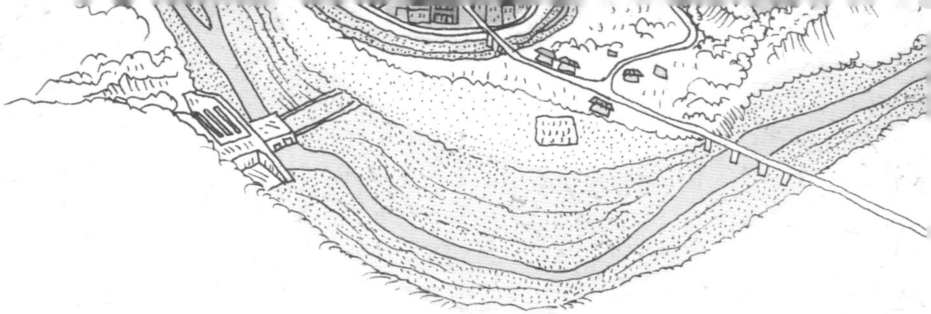

天頂金爍爍的子午星

王希成

攏予莫拉克颱風吹吹出去囉！
圖書館、衛生所，對半以上的
南沙魯宗親

死者死，逃者逃
規村爛糊糊的稀微景緻
只倖秋風偕沉重的恬靜
帶隊行過庄頭

看會著天頂彼幾粒
金爍爍的星阿，宛然
這個部落毋願離開的
十幾戶燈火

烏暗中一簇阿光明
有寂寞的溫暖
那親像也有聖歌響起
祈禱上帝庇佑

便若祈求一定有應允嗎？
坎坎坷坷的重建路
未來彎彎蹺蹺
會當柳暗花明嗎？

我祈禱失路的燈火
會當綴天頂金爍爍的
子午星倒轉來

我祈禱祖先的獵場
農場回春，族人的夢想
會得綴彼陣山風飛起來

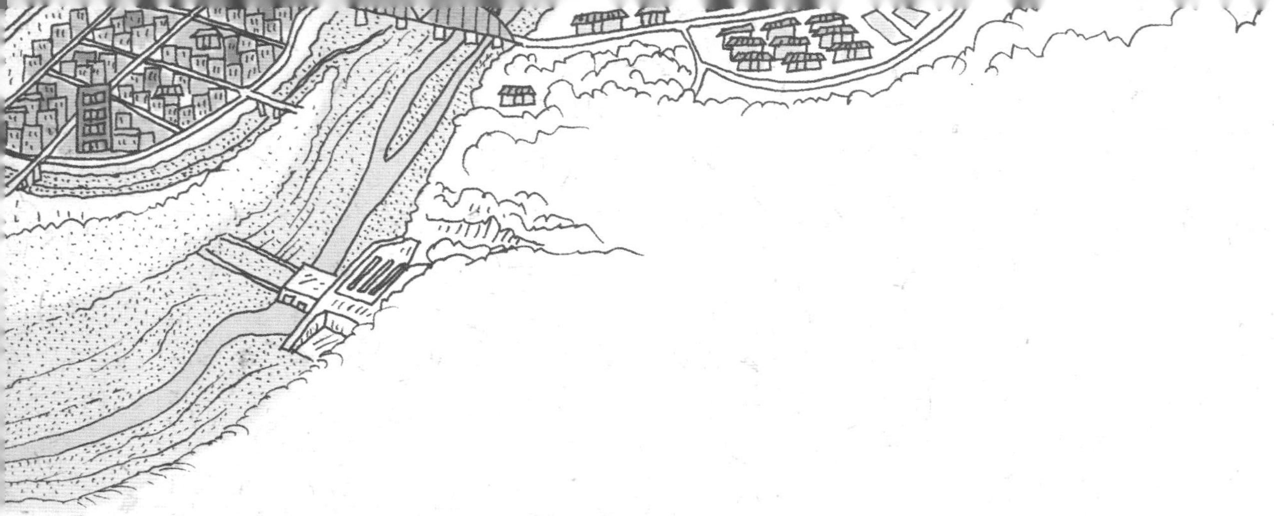

那瑪夏達卡努瓦（民生部落）卡那卡那富

註：

【天頂金爍爍的子午星】：天上亮晶晶的北極星
【攏予】：都給
【規村】：整座村莊
【稀微】：寂寞
【偆】：剩
【偕】：與，和
【看會著】：看得到
【毋願】：不願
【烏暗】：黑暗
【一簇】：一些些
【便若】：如果
【彎彎蹺蹺】：彎彎曲曲
【失路】：迷路
【會當綴】：能夠跟
【倒轉來】：回來

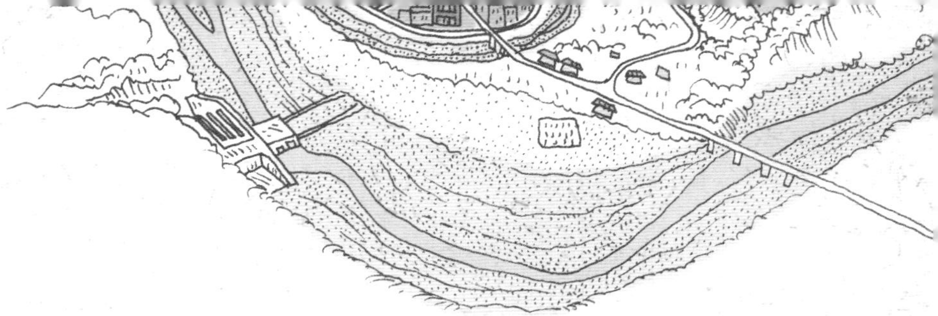

甲仙埔的暗暝

王希成

日頭赤炎炎照著青蘢蘢的山色
一切像電影鏡頭淡出了後
伊大家猶閣煩惱暝時落雨
楠梓仙溪敢也將土色的驚惶
沖入甲仙街路

嚇驚著的遊覽車，已經
無啥物載出外人來遮
食芋阿冰買芋阿餅

暗時的甲仙街路，人客
無幾隻貓阿，甘單
五六間店面開門作生意
莫拉克颱風的惡夢
竟然會當做這呢久

上鬧熱是 Seven-Eleven
兩三個少年翁阿某
參囝仔做伙佇遐
食黑輪喝咖啡配話

稛樂暢樂暢佇講：
明仔載廟寺的進香團那來
甲仙埔又閣鬧熱滾滾，絕對
袂像現此時按呢放空營

註：
【暗暝】：晚上
【青蘢蘢】：翠綠
【猶閣】：還是
【暝時】：夜間
【啥物】：怎樣

350 高地遠眺甲仙市區

【遮】：這裡
【暗時】：晚上
【甘單】：只有
【會當做這呢久】：能夠做這麼久
【上】：最
【翁阿某】：夫妻
【參囝仔做伙佇遐】：與孩子一起在那裡
【稛樂暢】：他們樂觀
【明仔載】：明天
【袂】：不會
【現此時】：現在
【按呢】：如此
【放空營】：做空城記

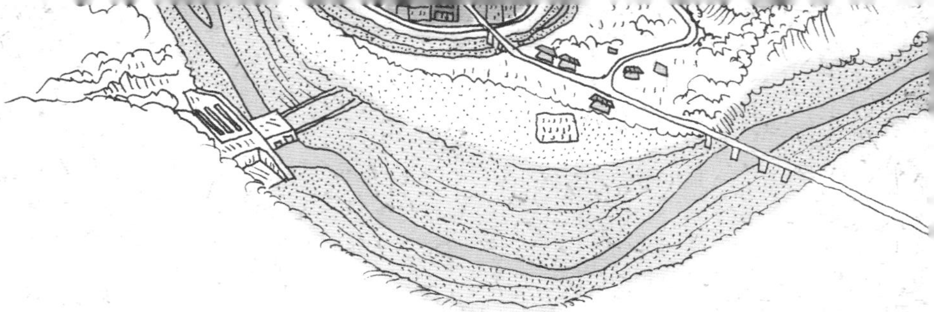

伊心內有一區田

王希成

彩帶金熠熠射出顯目的
日頭光箭，稻草人徛佇
田岸路，綴風認真作勢
一面喝一面趕

規群的斑紋鳥真精光
一絲阿著生驚攏無
仝款頭犁犁大嘴大嘴
享受稻米的清芳

遮是甲仙最後一區
猶未收成的有機公田
女主人講：欲留予在地的囝仔
落田體會做穡的甘苦

斑紋偕厝角鳥
食好逗相報，煞一傳十
十傳百，常在規陣
像蠓阿躂踢袂停

一個查埔囝點沖天炮
碰碰碰炸開鳥隻的驚惶
一個查某囝參新住民
拍響竹筒仔，喀喀喀
壓逼鳥仔離嘴稻穗

攏是暫時予稻仔
喘一下大氣耳耳
無外久，嘛是一陣
袂鬼戰機來田園空襲

伊講食偆卡是咱的
向望八八受災的田園
做穡人、種作活倒轉來
一款健康的米會得飼百樣人

註：
【顯目】：閃耀
【徛佇】：站在
【田岸路】：田埂
【綴】：跟隨
【規群】：整群
【精光】：聰明
【著生驚攏無】：一點都不害怕
【仝款頭犁犁】：一樣頭低低
【遮】：這是
【囝仔】：孩子
【落田】：下田
【做穡】：耕種
【厝角鳥】：麻雀
【食好逗相報】：好吃互相通告
【煞】：就
【常在規陣】：經常一群
【蠓阿】：蚊子
【袂停】：不停
【查埔囝】：男孩子
【查某囝參新住民】：女生與外勞
【攏】：都
【耳耳】：而已
【食偆卡是咱的】：吃剩下才是我們的
【枵鬼】：餓鬼

作家簡介

王希成，中國文化大學英文系畢業，任職石化公司採購。業餘曾擔任港都文藝學會副理事長，草山文苑網路詩版版主，掌門詩刊同仁，現為喜菡文學網詩版顧問與駐站作家，金獅湖太極拳教練場主任教練。獲中央日報勞工文學獎、清溪文藝獎、台灣省新聞處優良讀物獎、高雄市文藝獎。出版書籍有：《詩，45度仰角》、《安靜生疼》（詩集）、《面對》（散文集），《我的詩劍江山》（散文與詩合輯），共十冊。

造福三民

Nansalu tu laia（註）

陳秋白

1　一面旗
震動 dī
夢想起飛館的牆壁頂
dī 少可透風的下埔
吹振動

是風 leh 吹抑是牆壁的震動

下埔
我像是看著大前年
he 沖過街路
滾滾的塗石流頂
伸出一隻孰似的手
像一面小小的旗
像烏暗中
深藏 dī 溪谷山林一

「明、滅」　的火

2　Nansalu tu laia

像是看著騎上戰馬
選擇銃籽箱的 Guevara
點著游擊 hit 一款
點點長遠的火

像是我心中強欲臭 -phú 去
hit- 面猶未出世島嶼國家的旗

Nansalu tu laia
dī 楠梓仙溪的山谷中
等待一
震撼的風，猛烈
燒起的火

註：Nansalu tu laia一象徵布農南沙魯部落的旗仔，就原住民自治的精神來講，也是一面南沙魯部落的國旗。

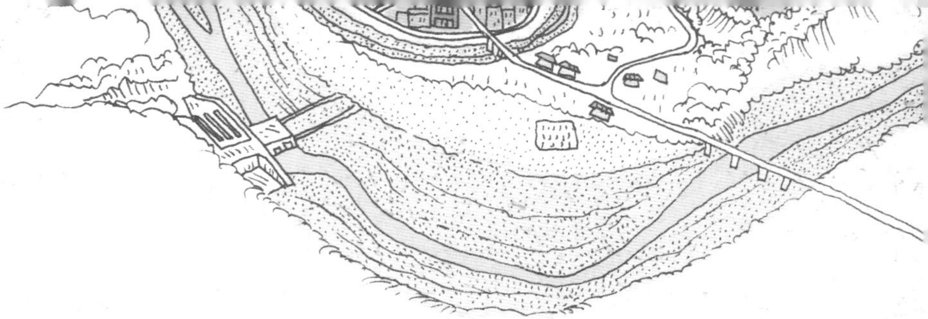

Kanakanavu（註一）

陳秋白

dī 一位詩人的詩我讀著：
「星球靜靜咧震動
　震動未來世界的紅嬰仔」（註二）

dī 山谷霎雨的下晡
Kanakanavu 的耆老
一擺 goh 一擺強調的
像是不斷插入我心槽的利劍：
dī 文明的島嶼
被隔絕 dī 島嶼之島
毋過心是一致的
聽從巫師的話 uì Nansalu 遷徙過來
四百幾人的 Kanakanavu 族—
追蹤過野獸的蹄
dī 山谷中聽過虹的聲音

上千年的 Kanakanavu
講著無 -gāng 族語的 Kanakanavu
被隔絕 dī 島嶼之島
dī 深藏良善之心的密林
搖著未來的紅嬰仔？

註一：Kanakanavu—目前 dī 台灣有四百外名族人，in 有無 -gāng 的語言 gah 文化傳統，毋過猶無被台灣的政權承認。
註二：出自詩人張德本詩作〈星球〉

消失的Siraya部落

陳秋白

塗石流流走厝宅 gah 土地了後
政治 duè-leh 分裂散赤的心
這土地像毋 -bat 定居過
也毋 -bat 邊界過
鳥隻毋 -bat 離開樹林
樹林毋 -bat 包圍鳥隻

Where should the birds fly after the last sky ?(註)

因為失去意識
或者講從來毋 -bat 有意識
所以一切生死 gah 土地無關（？）
鳥隻的雙翼 gah 曠闊的天無關（？）
散赤的心 gah 族群存亡無關（？）

早已死亡的心濟過失蹤的屍體
小林，一个等待被銃殺的平埔部落

一个已經被自己銃殺的小林
儘管不滿，一切猶是真普羅旺斯
繼續對酒沉迷

註：語出詩人 Mahmoud Darwish 詩作〈The Earth Is Closing on Us〉。

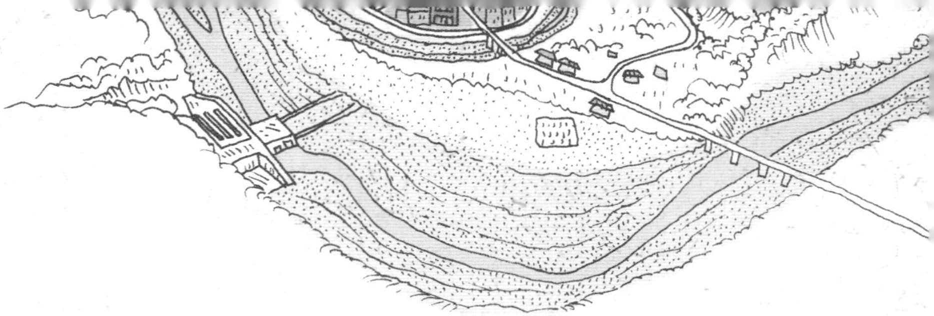

空白的畫框

陳秋白

山撕去伊青翠的容貌
一切變甲真險惡
規暗，我靜靜聽著
路過的溪水，墜地的樹葉
放聲大哭的聲音

這哭聲是背離神的聲音？
這一切，聽著的人自然明白
dī 咱島嶼猶未建立的國家的土地上
dī 政治的畫廊內
這比戰爭 goh 較殘酷的畫布頂面
khǹg 一支膏滿牛乳油的刮刀
而且暗暝一到
畫廊內傳出比大水
goh 較兇猛的野獸的嚎叫

山撕去伊青翠的容貌
dī 我詩的花園中流著血
dī 政治的畫廊內
伊只是一口空白的畫框

前往暴風雨偷襲過的山林

陳秋白

前往暴風雨偷襲過的山林
巴士像一支針
紩一領破碎的衫
坎坎坷坷

骿仔骨斷裂的所在
一跡一跡烏青凝血
持續有心跳
腹肚頂 衫鈕仔失落
蛆 dī 紗布下底繁殖
破空的囊袋仔
伸出一枝日頭花
草籽開始一點一點占領
顯示悲傷的記憶漸漸消失

我是一名炭工
前往暴風雨偷襲過的山林
落去到記憶的深層
dī 木質部腐爛去
現露空心的樹中
光線消失
根持續對話

dī 暗暝的心房

作家簡介

陳秋白，一九六三年生，台南馬沙溝〈MA-SAKAU〉西拉雅平埔族裔台灣人，目前專事台語現代詩寫作 gah 文學翻譯。詩作得過吳濁流文學獎、台灣文學獎 gah 高雄市打狗文學獎等；出版過〈綠之海〉、〈當風 dī 秋天的草埔吹起——2010 高雄文學創作獎助〉等台語詩集，台語編譯〈戰火地圖——中東女性詩人現代詩選集〉，英譯詩人錦連先生 100 首詩選〈在北風之下——Under North Wind〉。

那瑪夏南沙魯（民族部落）

那瑪夏南沙魯（民族部落）

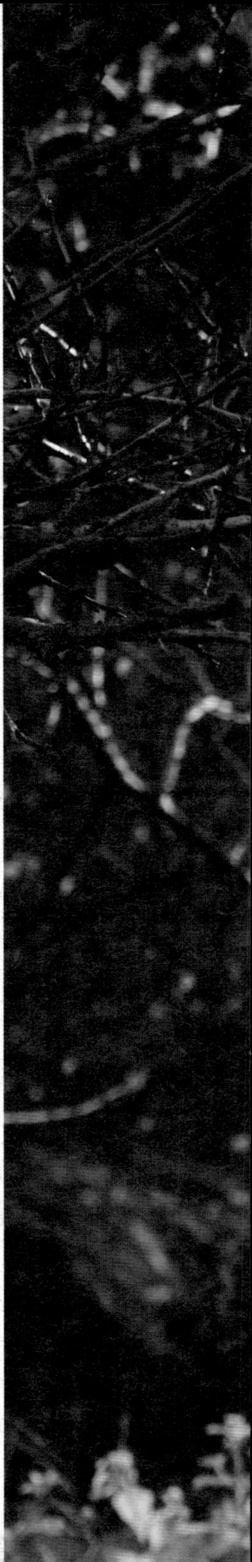

小鄰村的新公路

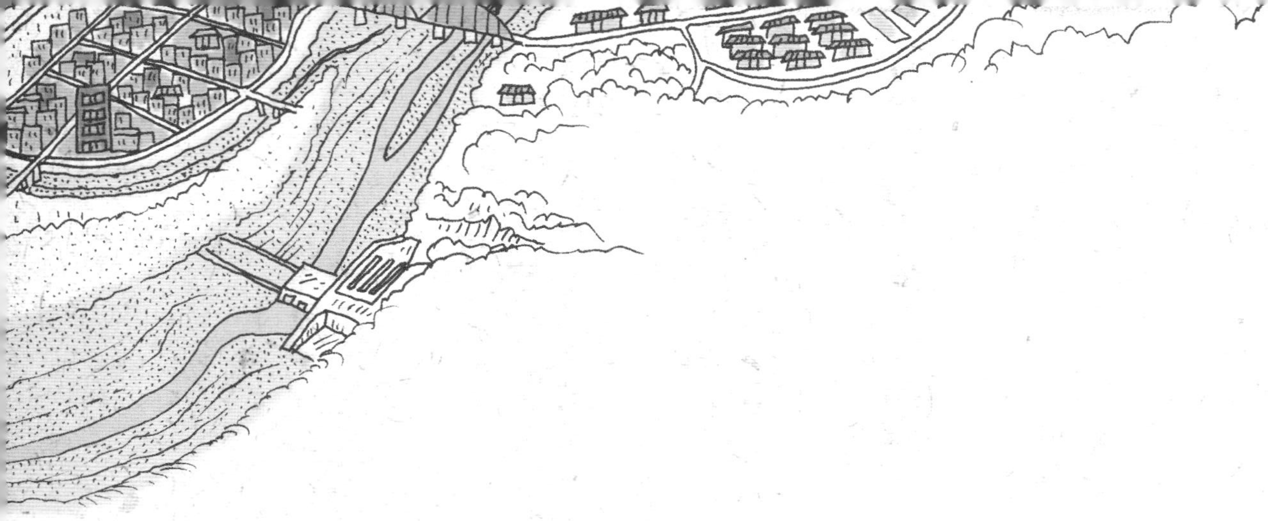

車回小林

倒車

鄭順聰

人在哪裡？

請往後退往後退
倒車燈記得打
打開報紙電視與人的嘴巴
沒有就是沒有
Google 遍尋不到
Youtube 檔案被摘除

人在哪裡？

石頭塗一層厚厚泥漿
破碎的樹枝不再喊痛
慢慢退慢慢後退
山好安靜
陽光從各個角度
刺入眼睛

人在哪裡？

喉嚨撕開山谷呼喊
臨時的便道一台車也沒
喇叭聲瘋狂響起

人在哪裡？

照後鏡找到一間
來不及逃跑的平房
山好安靜
山好安靜
赤裸的肚皮
孕懷五百多個靈魂

飆速

鄭順聰

儀表板的指針上升
檳榔樹拓印成版畫
模糊、開始模糊
平凡的水泥房屋
路旁有人在散步
再閒適不過的山村風景

輾過水灘
濺起的是零碎的物件
公廨、天梯、魚簍、甕
關乎平埔族與淳美人情之所有可能一切
被洪水勾結狂泥以驚人的速度挾持暴衝
車窗風景流逝若無其事
夜祭吟唱、尪姨咒語、阿立祖
儀表板升至紅色警戒整個車身顫抖
剎車早失靈任回憶打滑找不到盡頭

五里埔小林社區沿途一景

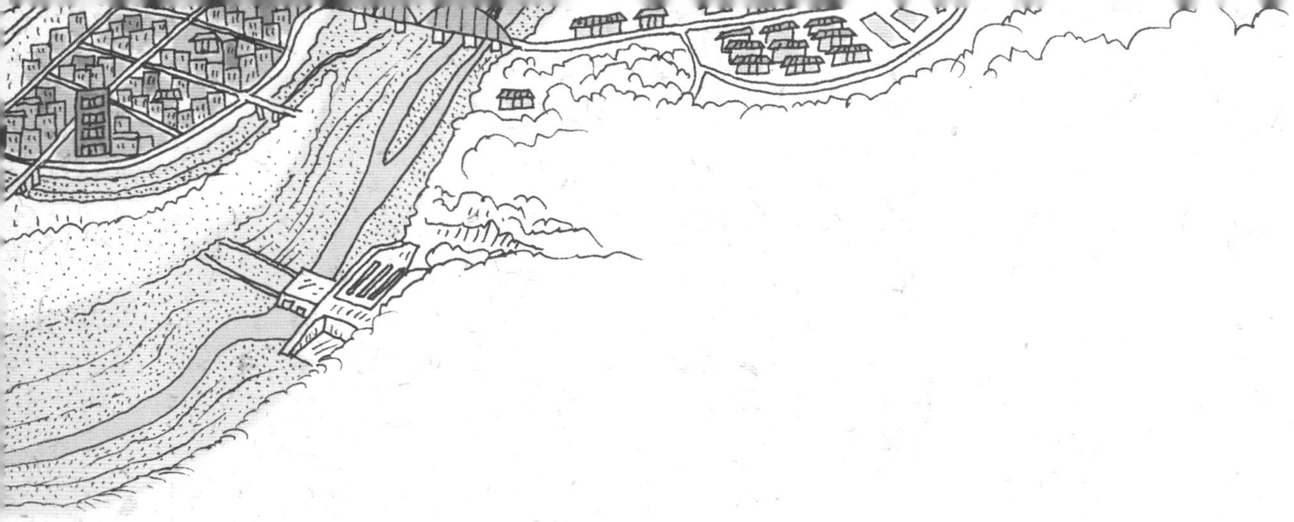

雨刷

鄭順聰

以下是大雨當晚斷掉事物的清單：

房子的樑柱、血管
安全、幸福、家家家家

柏油路、白線、指示牌
電線桿以及牽引而來的電流

別忘記光明

集體喊疼的樹
深入土中的根
罹難者的呼吸
臍帶

最後一樣：雨刷

有些人說不可能
口口聲聲說雨再大都不可能
於是信任也斷裂
徹底斷裂

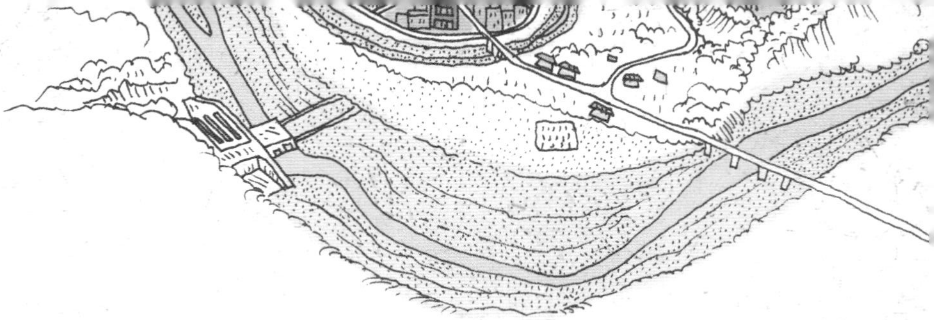

上鎖

鄭順聰

駕駛者按下中控鎖
旁邊是阿公正打盹
後座有看顧孫子的阿媽
再看仔細，原來轎車已換成
小巴，隔壁的阿伯阿姆你好
我的愛人啊！你怎麼獨處角落
解開中控鎖車門打不開
位子增生位子
鄉親們紛紛入坐
巴士只一個逃生門
被雲阻擋打不開
前方的海水湛藍
黑夜拘限不了我們的豪情啊
把酒言歡互相揩去額頭的汗水
我們已在同一艘船上，手臂挽著
手臂，淚水順著暴突的經脈淌流
旅程已開始

親友傷心，我們傷心
命運鎖上，鎖上命運
雖被掩埋，不能掩埋

停

鄭順聰

停，停下來，打開車門
走出自以為是的聰明
蹲下，請蹲下，伸出手
一個手掌就能
感受大地的無邊無際
河谷好安靜
山好安靜
人安靜

當我哭泣大地就以哭泣
當我悲憫大地就以悲憫
當我想擁抱
風就來了 鳥飛來
思念的人也回來了

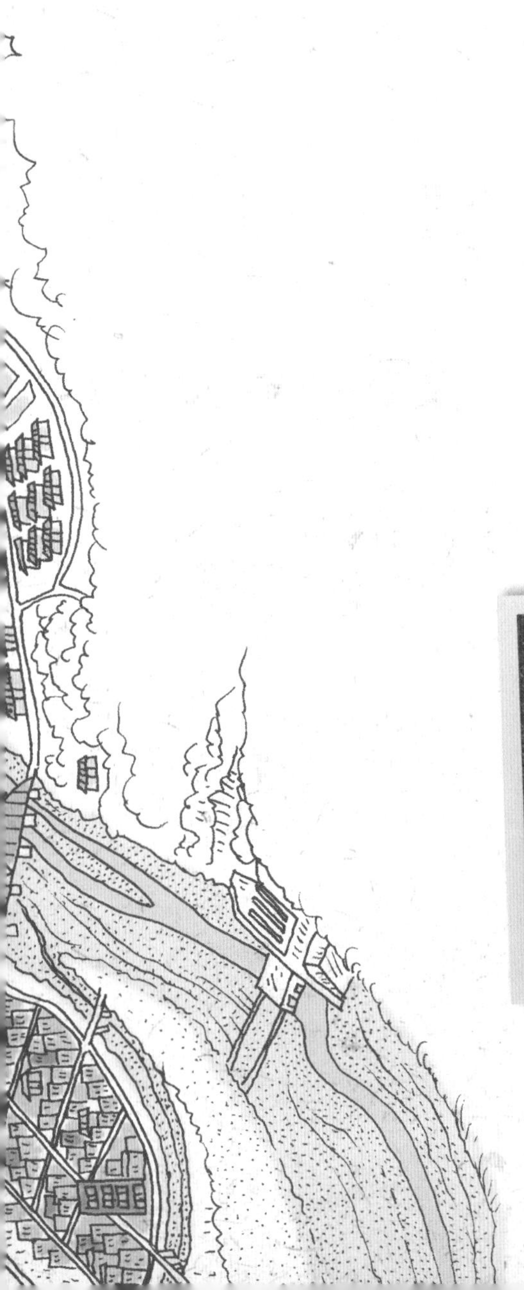

那瑪夏南沙魯（民族部落）民宅一隅

作家簡介

鄭順聰，嘉義縣民雄鄉人，中山大學中文系，台師大國文研究所畢業。曾任《重現台灣史》主編，《聯合文學》執行主編。獲高雄市打狗文學獎，台北市文學獎。入選九六年散文選，二〇〇八及二〇〇九台灣詩選，二〇一〇飲食文選。著有《時刻表》、《家工廠》。

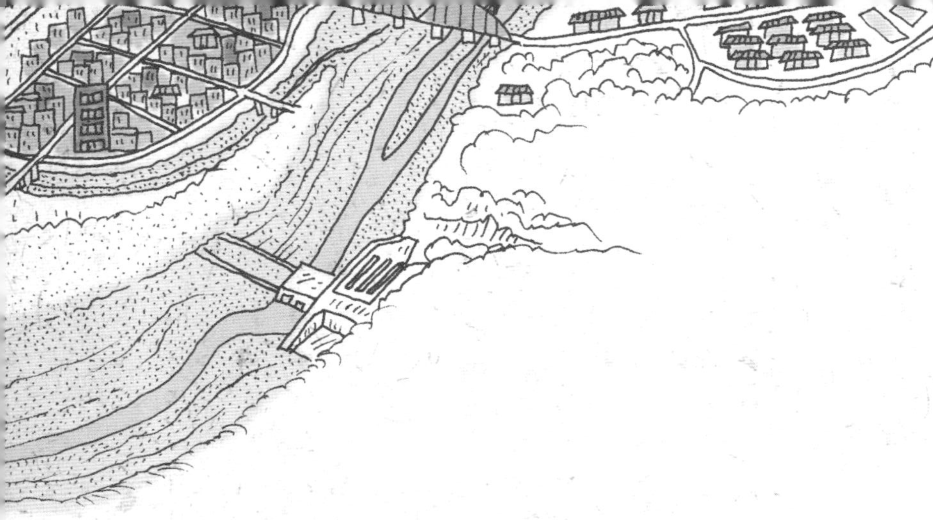

阿亮的夢

1

潘弘輝

夢境壓在夢境上頭
夜黑到黑再不能落
夜裡聽到遠方響雷聲
雨水鬆垮了擔心的瞳

閉上眼睛
看不見颱風豪雨的驚
灰色疊疊成墨
山林飽蓄了雨水和淚
一顆巨大的水泡正要滴落

清晨六點鐘
萬馬千軍滂沱
土石巨卵崩錯
混著泥水土石漿流
大手切割小林村落
豪雨裡掩埋沉默

知道家人被無聲收回
一口氣沉沉喘喘難憋
淚水如雨號哭奔策
父親、母親與大哥的老婆、小孩
壓在幾層樓高的山丘土石堆中

雷聲轟轟
雨水不曾停休
我被命運的大手推到角落
怒目瞪視著它又能如何？

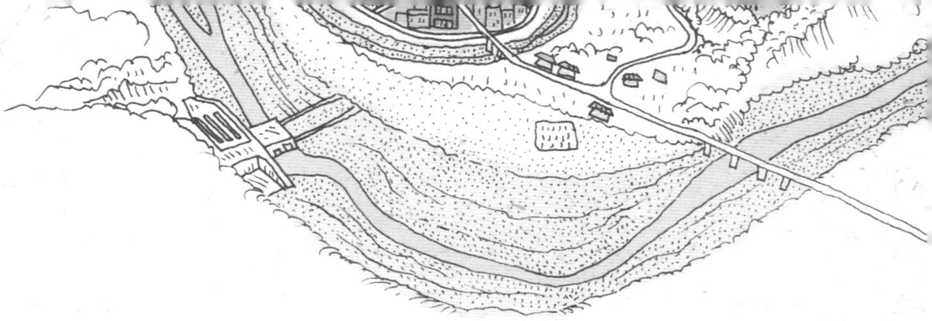

2

入夜後，天色暗下來
風不吹　狗也不叫了
只有沉沉的巨石鵝卵
靜靜地壓著河床

不能思考不能想
親人躺在下方
祠堂建在土石堆的對岸
周邊種些漂亮花樹
將悲傷裝飾出美好風景
紀念取代淚水不停

心中的夢也被造成布景
一顆顆石頭包裹著無情的水泡
啪答啪答擠破　匯成惡水
灌爆夢境　狼藉斑剝

我是被命運捏扁的一枚小小氣泡
無法呼吸　無法記憶
喪禮上恍惚輾過恍惚
悲傷太過　失去真實
失魂落魄　打理後事
爸媽躺在山石覆蓋下的小林
如夢一般虛浮的小林
成為一枚永不破滅的水泡壓迫

我是　滅村後倖存的孩子
離開小林到都市存活才
逃過一劫的　平埔族孩子

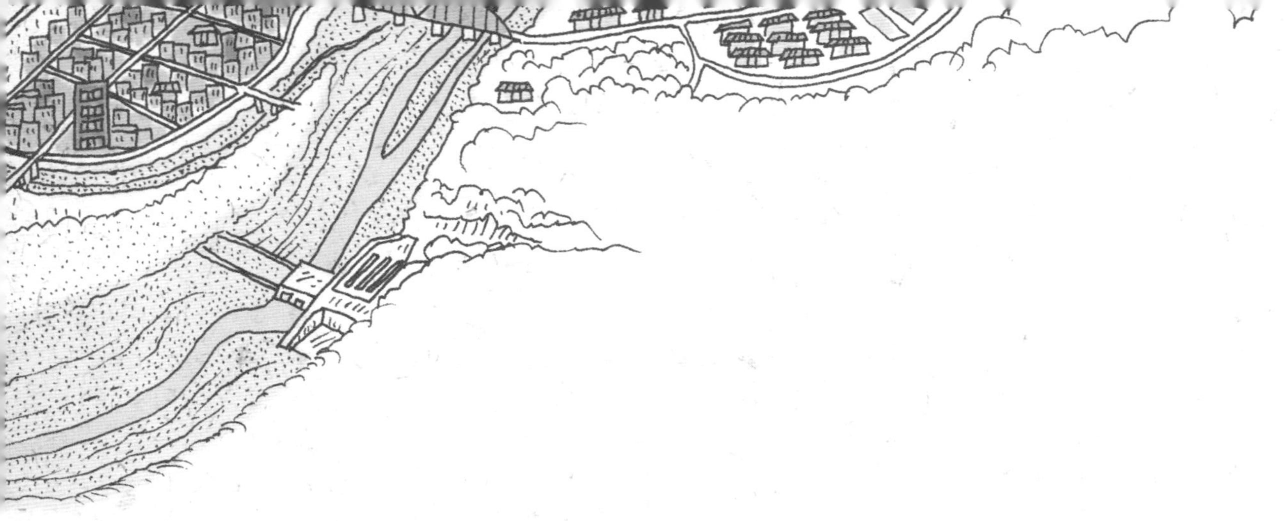

3

公廨前看大人唱歌跳舞
小朋友們追趕跑步玩耍
祖靈們從向柱一節一節踩踏下來
孩童時期，我喝過向缸裡的酒水
因為一場發燒不退的熱病
見過祖靈皺紋縱深的臉

檳榔、香菸與米酒
祖靈撩動裙襬跳舞唱歌
歌聲如風嘯吼
氣勢生猛磅礴

一時我突然能夠理解
很久以前她們便聲嘶力竭地吼
喉嚨沙啞　煙嗓子無人分辨聽懂
蕭蕭吹颳的風聲誤認
揮動樹枝搖擺狂癲
原來，阿立祖早就提醒
風欺水滿，警覺啊警覺災難無情

站在公廨前
父、母親與大嫂姪兒們都
靜靜躺在，大山橫霸的懷抱裡
我聆聽，懂了那先祖的言語

夜裡繁星閃閃，幼年時尪姨帶領夜祭
畫面是一根釣線勾我
我，不是城市的孩子而是小林的
不是自己的而是小林的
決定辭掉台北藥局工作
把在麵包店當師傅學會的技術帶回村裡
扎根　烘焙出那曾泥水裡翻滾
村人的重生

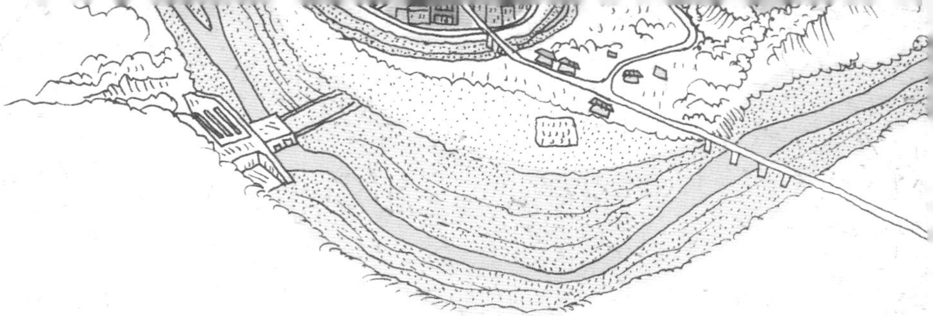

4

麵糰發酵，夢想竊喜
一個個麵糰放進烤箱烘出未來
揉和麵粉，捏出小林
一次又一次，將心意用力揉進去

災後，法王曾經前來，安慰河川山巒
用慈悲與愛，療癒悲傷的土地
一堆人中他用手摸了我頭
我哭泣不已卻感受到劇烈的顫抖
靈魂搖晃　愛裡甦醒感動

眼眶泛淚，視線迷濛
看不清的徬徨未來出現光亮
傾斜過後，軟弱無濟於事
我將自己鑄成一雙扶助的手
回小林，將技術傳給倖存的村人
成為砌磚人
日後一塊塊磚將堆建成塔
祝願有朝一日在塔頂點燃思念的光

麵包是我的磚　磚塔讓人不再畏怯
災難發生是暗黑渦漩襲捲
誰都無法避免不被翻絞入內
重點是愛與行動

回小林　決定成為一糰發酵的光
重生的食糧
法王的手點亮我的額頭
我可以成為更有力的手
奉獻出慈悲的溫柔

那瑪夏達卡努瓦（民生部落）居民曬南瓜仔

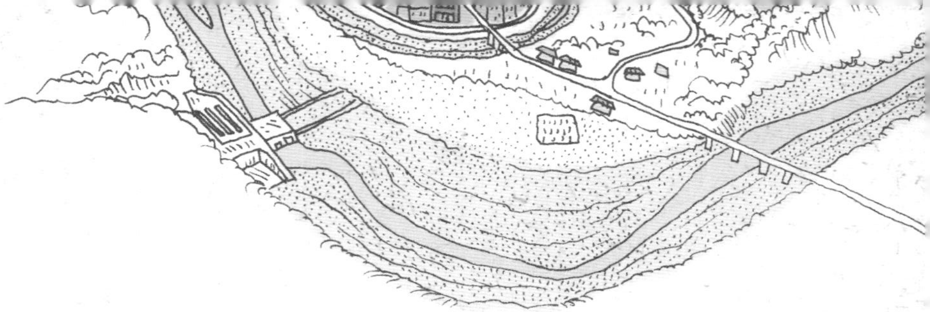

5

將是最後時光　我不知道
所以放膽離開　以為還有長長的未來
親愛的爸媽　回眸的目光一直都在
但這次我將轉身　迎向小林
這是我的家　再也不離開

命運風吹雨打　沖垮小林
悲劇雖然沉沉壓在肩上
但我不把它看作悲傷
那是一種改變與回歸
歲月經移的磨擦聲，避不掉的血痕
小林就是那道，見骨的刮傷

選擇家，選擇修補
傷疤　會痊癒但不會　徹底復元
沒關係我告訴自己是男子漢的
就扛起傷害
跌倒也要　難行更要
往前，愈艱難愈往前

額頭出現一枚光　花瓣般飄落
伸出手掌托住它　飄飄然
一切都尚未過去卻也
早已遠離
克制不住地嘆口長氣
裂縫之間算是看到　人生如戲

已經又一步一步地往前
積極有力地開始著
決定晚上好好睡　而
白天　再把麵包一塊一塊疊起來

我知道爸媽正在俯瞰
透過掌心照明　我也凝眸注視他們
嘉許的笑顏

註：朋友阿亮的父、母親與大嫂、姪子、姪女，在莫拉克風災深埋於小林村崩塌的土石中，而達賴喇嘛前來安撫土地山林時曾給阿亮慈悲安慰、加持打氣，之後阿亮選擇回到紅十字會災後重建的永久屋，並教小林村民製作麵包、烘焙謀生，與村民生活。

那瑪夏達卡努瓦（民生部落）

作家簡介

潘弘輝：曾獲吳濁流文學獎小說佳作等獎，出版過《水兵之歌》等幾本書。曾任報社編輯，以及幫文學台灣基金會執行作家身影訪談等專案。

25
7月
星期一
六月廿五日

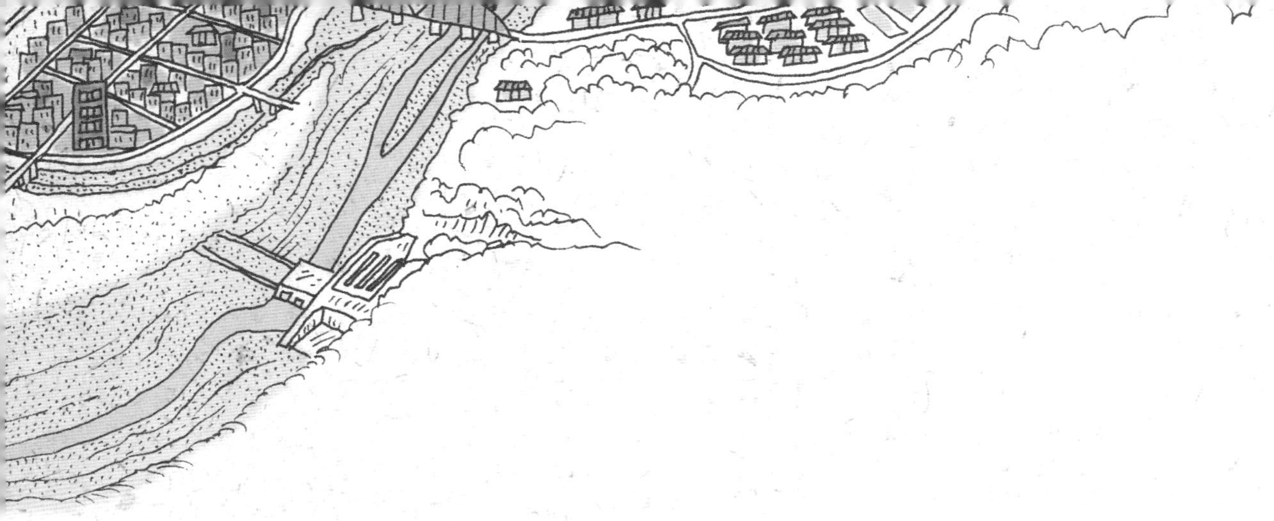

在那瑪夏接觸傾聽

災變

汪啟疆

我當然要回到那時間的黑暗
我也要站在現刻開始的新家園說
樹枝折斷，樹根冒芽的生靈，是我們

在山將裂開的聲音內
風雨把孩子抱起來
奔跑到村公所，妻子和狗在旁邊

我的家在這裡栽成我的部落
我的生計我的種植、店面、教堂
我單獨走出去向天地烈雨的悲慟嚎叫

妻子抱住孩子禱告，我們活著
我走出去又走回來，狗陪著

像現在我在新社區家園忙碌
晴朗的山安靜默立已忘卻變形的坍處
（原來的一切都消失的存入那兒）

我向神說：夢想又開始了，我向自己說
有許多陌生的人愛我、幫助了我
我的妻、子、狗生命對我充滿信賴

請看我的力量
我的骨頭

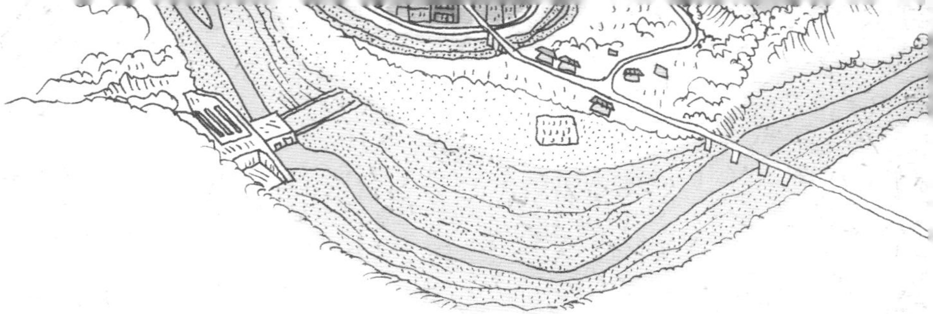

新社區——與耆老頭目談天

汪啟疆

雨很大
山的呼嘯更大
村落被整塊挪開、巨大翻覆

每顆暴雨擊打軀體
山的走動，瀑布在村落出現
我們好像潰坍了夢的人
每個身體各帶碎片石屑的驚駭奔躲

（眾山怎樣美麗圍繞我們村落）
流淚的夜和晝……第二天
第三天、第四天。我們失去了一切
我們仍有鹿、熊、山豬和老鷹的心
我們是那瑪夏

眾山仍然圍繞新生活那瑪夏
我們好像做夢的人教導開拓預備營生
每次醒在新屋舍迴思故居發生的
我們唱母語的歌，勇士的歌
帶了記憶，遺傳陽光、信念、決心
就像握住你的手掌相信
我的臉已印入你的臉和聲音裡

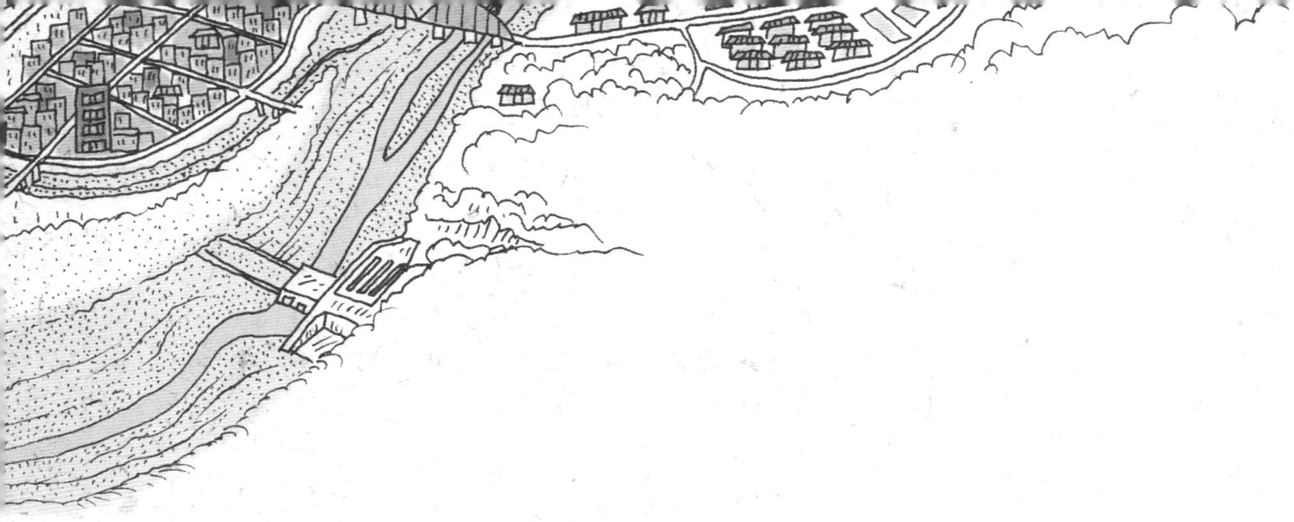

楠梓仙溪

汪啟疆

萬物緘然
流水潺潺
祖靈啊，生命被奪去
多少代的部落擠石
埋在土石流內

涉禽、蘆葦、獸跡
爪痕、川河仍在，一切仍在
祖靈們仍站立楠梓仙溪
清洗狩獵的血跡
擊石取火支解山豬
把暴力之牙嵌在頭飾或胸串
任歲月在沙堵灌木內
孵養一窩窩涉禽

溪河蜿蜒了體態
屢次山岳動盪暴走
村落消失在餘生者回來的腳下
坍流沙石滲有族人的嚎啕

猝然如狩獵，我們
被天地抓住，置放入傳說中
石頭壓在坍方上

請給我
狂風烈雨
呼喊的名字

我帶回來魚網和
小米山芋種實

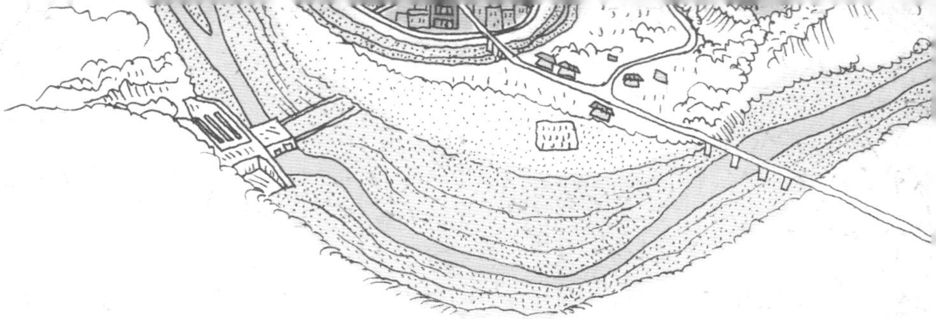

小林村澗谷

汪啟疆

許多巨大的萎縮
就如寬闊的河變作窄小的
溝一樣難過

小林村旁的楠梓仙溪支流

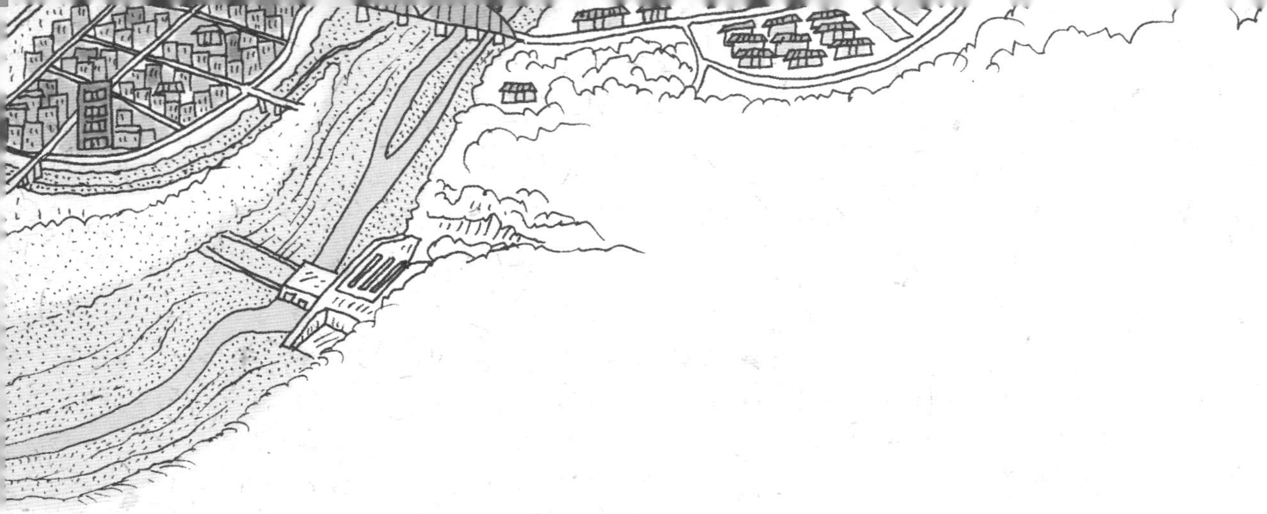

達卡努娃

汪啟疆

苦難剮心
夢想剜肉
受傷的土地
生活成了
山裡的斷路

撿起石頭深吻
石頭是劫後曝剩的骨骼
我們分散的族民回到部落
鷹再次出現在山巒森林溪河之上

達卡努娃溪的小米
仍在高山深處留有餘種
耆老以承記的 kana kanava 語言歌謠
進行屬自己卡那卡那富的河祭

靜靜的魚群出現在
未間斷的水流
聚集我們婦女們孩子們影子
疊印在一起

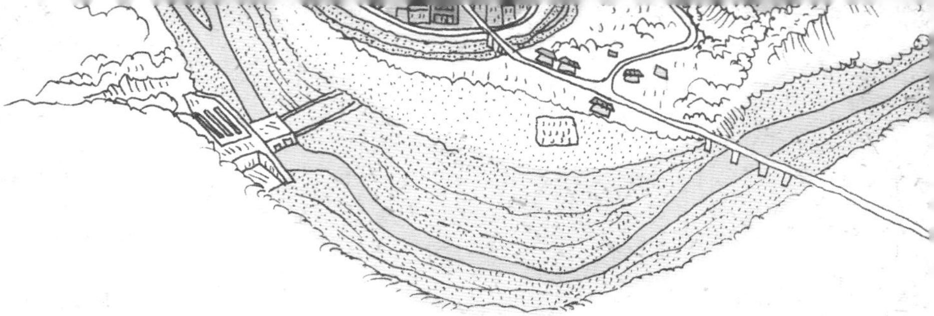

那瑪夏達卡努娃

汪啟疆

我使用母親留下的語言
但我是否有一雙母親的眼睛呢？

我守住 kana kanav 溪河
但我是否守住祖先清冽的心呢？

我們人少
我們同心

我們遭遇了任何狀況
我們祭祖先的立石

我要看我所有的
不看我已沒有的

我們的心在溪河進行米貢祭
眼睛仰向山和森林的力量高處

深夜似乎在哭泣，河的母親啊
但晨鳥歡呼喜樂，山林的先祖

巡視我們回來的腳印……
夢在一旁隨同計量步幅

蘭花附生在樹幹粗糙裂處
藉樹的體液淚水與傷口綻放
苦難是痟楚的
花是美麗的

樹靈告訴了我們
祖先是受難的見證
他們都開成了花
再建將一如部落的形成

作家簡介

汪啓疆，海軍退役軍官，婚後定居左營，熟悉眷村生活及海軍人文發展。現為社會志工及軍中兼教。

那瑪夏達卡努瓦（民生部落）卡那卡那富聚會所

那瑪夏達卡努瓦（民生部落）

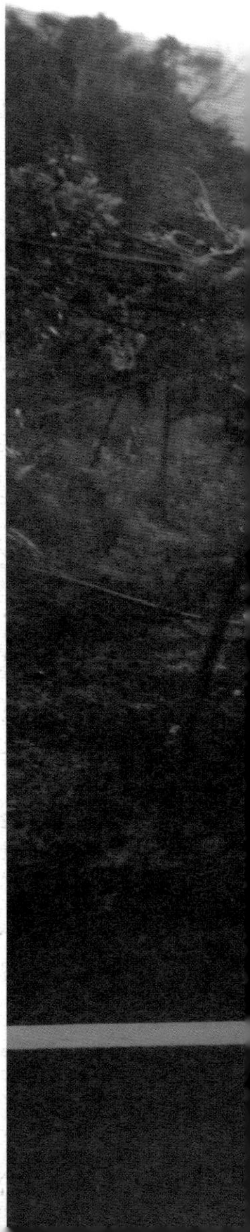

咱猶閣有一粒堅強的心
——予八八水災後的小林人

方耀乾

親人無去矣
咱欲按怎
厝無去矣
咱欲按怎
園無去矣
咱欲按怎

心愛的
咱猶閣有
一粒堅強的心

錢無去矣
咱欲按怎
物件無去矣
咱欲按怎
一切攏無去矣
咱欲按怎

心愛的
咱猶閣有
一雙拍拚的手

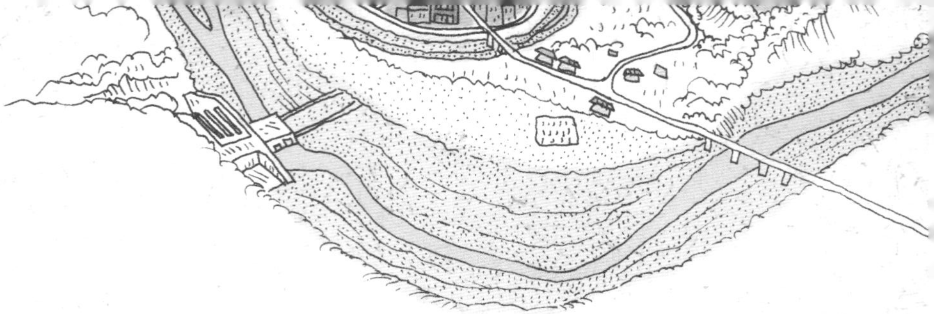

聽雨——八八水災的雨聲

方耀乾

足合意聽雨
我起一間聽雨樓
想欲聽見
紅燭羅帳溫溫聲哼哼
客舟秋雨寂寂雲下下
殘荷香消冷冷雨急急
寶島夜雨清清人蕭蕭

今年八月的雨
趌佇南台灣
趌佇南島族
趌佇台灣人
雨裡有生命絞滾的聲
雨裡有屍體憤怒的血
雨裡有鬼魂悽涼的恨

今夜聽雨樓
每一滴攏是紅目屎

那瑪夏達卡努瓦（民生部落）

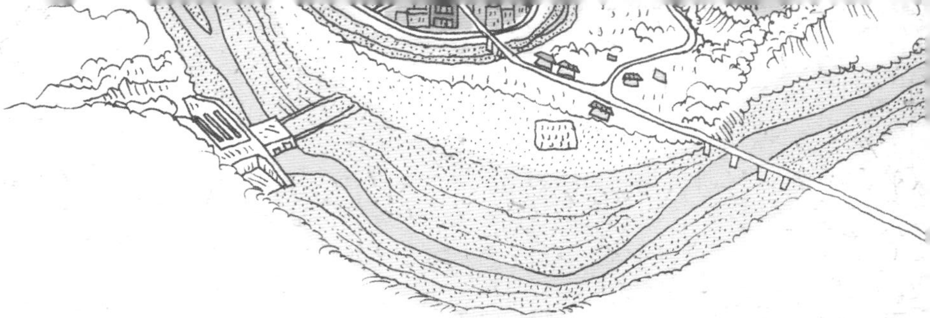

請莫佇我過身彼工哭

——寫予Siraya的囝孫

方耀乾

請莫佇我過身彼工哭
因為我猶未死
我化做雨水
陪伴恁做伙流目屎
我化做白雲
陪伴恁看顧咱的故鄉

請莫佇我過身彼工哭
因為我猶未死
我化做清風
陪伴恁做伙展笑容
我化做彩虹
陪伴恁看顧咱的囝孫

請莫佇我過身彼工哭
因為我猶未死
我化做早起的日頭
輕輕叫醒鳥隻為你唱歌
我化做暗頭的星光
溫柔守護你甜甜的美夢

請莫為我哭出聲
我愛聽見恁美麗的歌聲
響亮若樹頂的鳥隻
請莫為我流目屎
我愛看見恁美麗的目睭
閃爍若天頂的星光

達卡努瓦部落．那瑪夏．CaKu Iu．

化做風　化做雨
化做日　化做星
我佇無限開闊的天頂
我佇無限開闊的土地
時時刻刻佮恁鬥陣

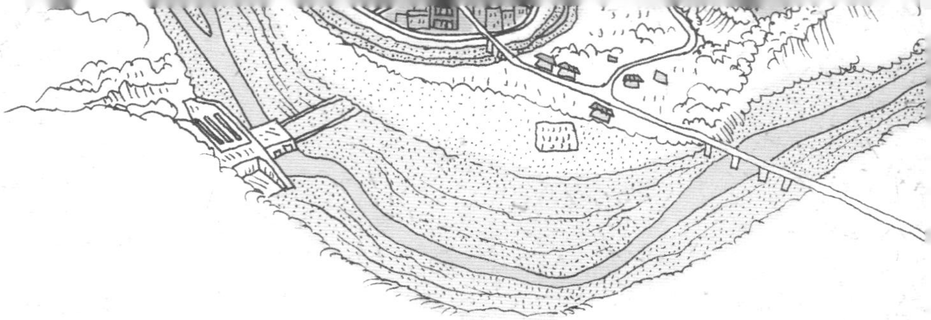

阮無閣再

方耀乾

日頭起床的所在
就是阮的故鄉
遐有金色的海湧
遐有金色的山脈
遐有金色的竹厝
一隻一隻金色的艋舺
載滇金色的虱目魚
盈暗阮會起金色的火堆
烘一尾一尾金色的虱目魚
跳一塊一塊金色的舞
唱一首一首金色的歌

Tsit-ma 阮無閣再起金色的火堆
Tsit-ma 阮無閣再烘金色的虱目魚
Tsit-ma 阮無閣再唱金色的歌
Tsit-ma 阮無閣再跳金色的舞

自從西爿的人來了後

五里埔小林社區

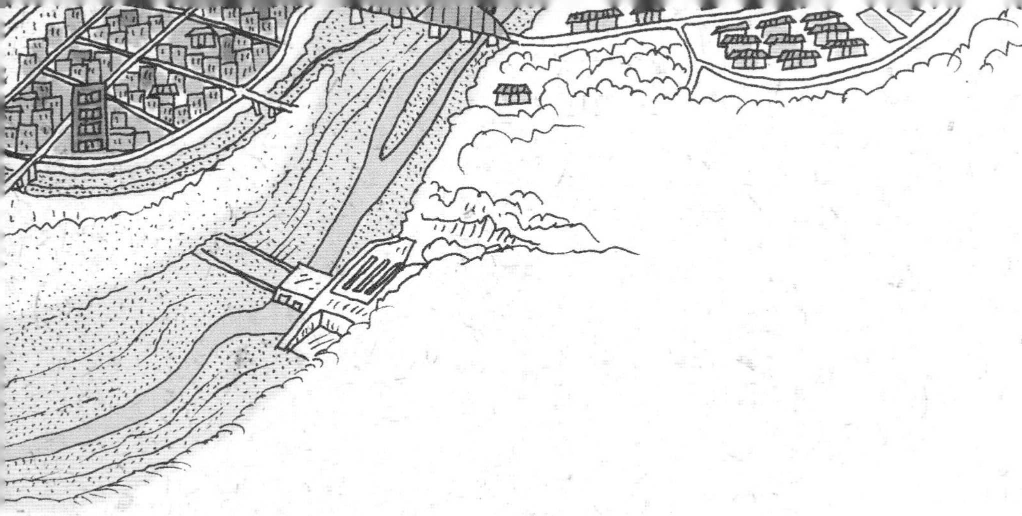

應該是

方耀乾

應該是豐收的季節
金色的稻仔滿倉庫
紅色的鹿仔肉滿厝間
朋友會來啉酒跳舞
只是
九月的風傷大
九月的雨傷急

應該是快樂的季節
新激好的秫米酒一甕一甕
新豉（註）好的膏蚌鮭一甕一甕
朋友會來啉酒唱歌
只是
二月的花無開
二月的鳥無話

註：【豉（sīnn）】醃漬。

作家簡介

方耀乾，成功大學台灣文學博士，現任台中教育大學台灣語文學系副教授，《台文戰線》社長。著有《台窩灣擺擺》、《將台南種佇詩裡》等八部詩集。

楠梓仙溪流域（杉林、甲仙、那瑪夏）

景點介紹

文／林芷琪

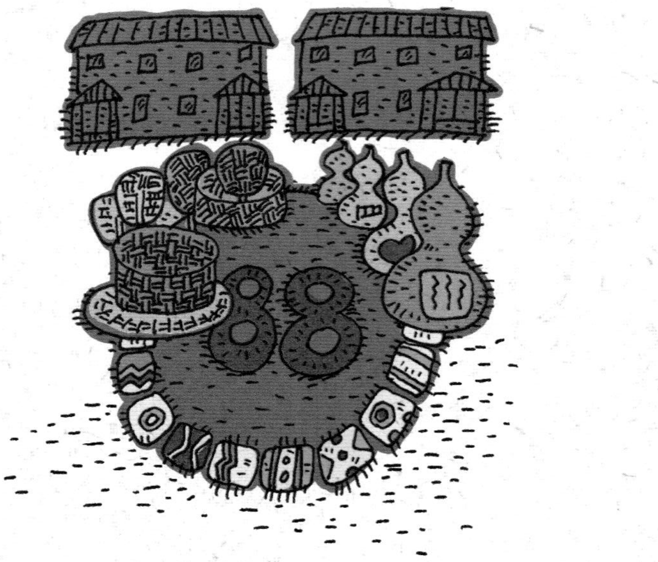

大愛園區工坊 與 喜樂市集

大愛園區是風災後全台最大規模的永久屋重建區，目前共有一千多戶，居民主要來自那瑪夏、桃源、甲仙、杉林、茂林及六龜等地，因而在此匯聚了豐富多元的族群文化及區域特色。園區內有由各族群居民設立的八八工坊（前蘆詩雅竹）、同心圓琉璃工坊、吉娜工作室等，製作如葫蘆雕、竹編、琉璃珠、拼布等手工藝品，在平日上班時間皆可自由參觀。而園區的喜樂廣場還常設有小農市集，共有幾十個攤位，尤其到了假日總是熱鬧滾滾，展售有居民在原居地栽種的新鮮蔬菜水果，以及藤枝咖啡、高山愛玉等具高雄山區特色的農特產品。

地址：高雄市杉林區月眉里（台21線）

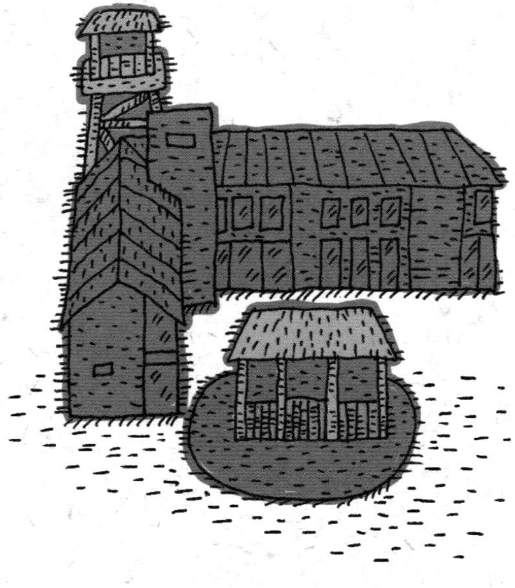

平埔族文化園區

因風災滅村的小林人，目前分居三處：杉林大愛園區、日光小林社區及五里埔社區。五里埔仍延續每年農曆九月十五日舉辦的小林夜祭，並規劃有「平埔族文化園區」，做為保存並發揚平埔文化的基地。園區內包含小林平埔族群文物館、公廨、眺望塔與省親會館等，社區也自行籌設媽媽廚房，提供具平埔族特色的風味料理，其中以雞角刺雞湯最具代表性，雞角刺即出現在千元大鈔背面左下角的圖案，是小林人記憶中屬於媽媽的味道，也是歡迎外地遊客的盛情心意。

導覽資訊：可聯繫高雄市甲仙區小林社區發展協會
地址：高雄市甲仙區小林里西拉雅路一巷三弄三號
電話：07-6761455

夢想起飛館與Maunin餐廳

南沙魯是那瑪夏的行政中心，風災之後，多數人遷到杉林大愛園區，而堅持留在家鄉的布農族人，則以夢想起飛館與Maunin餐廳，滿懷希望地為南沙魯增添新風貌。「夢想起飛館」是由在地居民設計，共同找尋自然素材建造的手工藝品、農特產品展售中心，手工藝品都相當具有當地文化特色，極富色彩的編織包，以無患子、箭竹製作的飾品，以及象徵報喜、幸運的貓頭鷹吊飾。而「Maunin」是布農族語裡「吃飯」或「來吃飯」的意思，Maunin餐廳即是熱情邀約大家一起來這裡吃飯。餐廳牆上掛有十四張中餐丙級證照，而居住在此的僅十六戶人家，專業廚師的比例之高堪為全台前茅。餐點都是以當地食材製作，且具布農族風味，現在除了供應托兒所小朋友的飲食，每天也都有便當販售，外地朋友用餐歡迎事先預約。

地址：高雄市那瑪夏區南沙魯里鞍山巷八十一之一號（夢想起飛館）、八十二號（Maunin餐廳）

訂餐電話：0934-003699 曾春菊

達卡努瓦祭壇（男子會所）

目前約有五百多人的卡那卡那富族，在每年小米收成後，都會舉辦感謝祖靈庇佑並祈求來年同樣豐收的「米貢祭」。米貢祭選在十月的第二個星期五舉辦，祭典儀式是由各氏族的男性代表從家屋登上祭壇，一一報告農林漁獵的收穫；女性則不得進入，而是在祭壇下對唱祭歌。儀式結束後，為傳承部族文化，有母語朗讀、對答及刺球、射箭、搗年糕、射矛等競賽活動。在祭壇前可看到各氏族的家屋，有的裝飾以農作收穫，有的以獸皮、獸骨、羽毛擺設，反映出各氏族在務農、狩獵等方面的長才，有機會到此務必細心觀察。另外，卡那卡那富族在四、五月，也會在楠梓仙溪的河床地舉辦「河祭」，以及與水有關的各項競技及趣味比賽。

參觀資訊：可聯繫台灣卡那卡那富文教產業發展促進會

地址：高雄市那瑪夏區達卡努瓦里三鄰一九〇號

電話：07-6701944

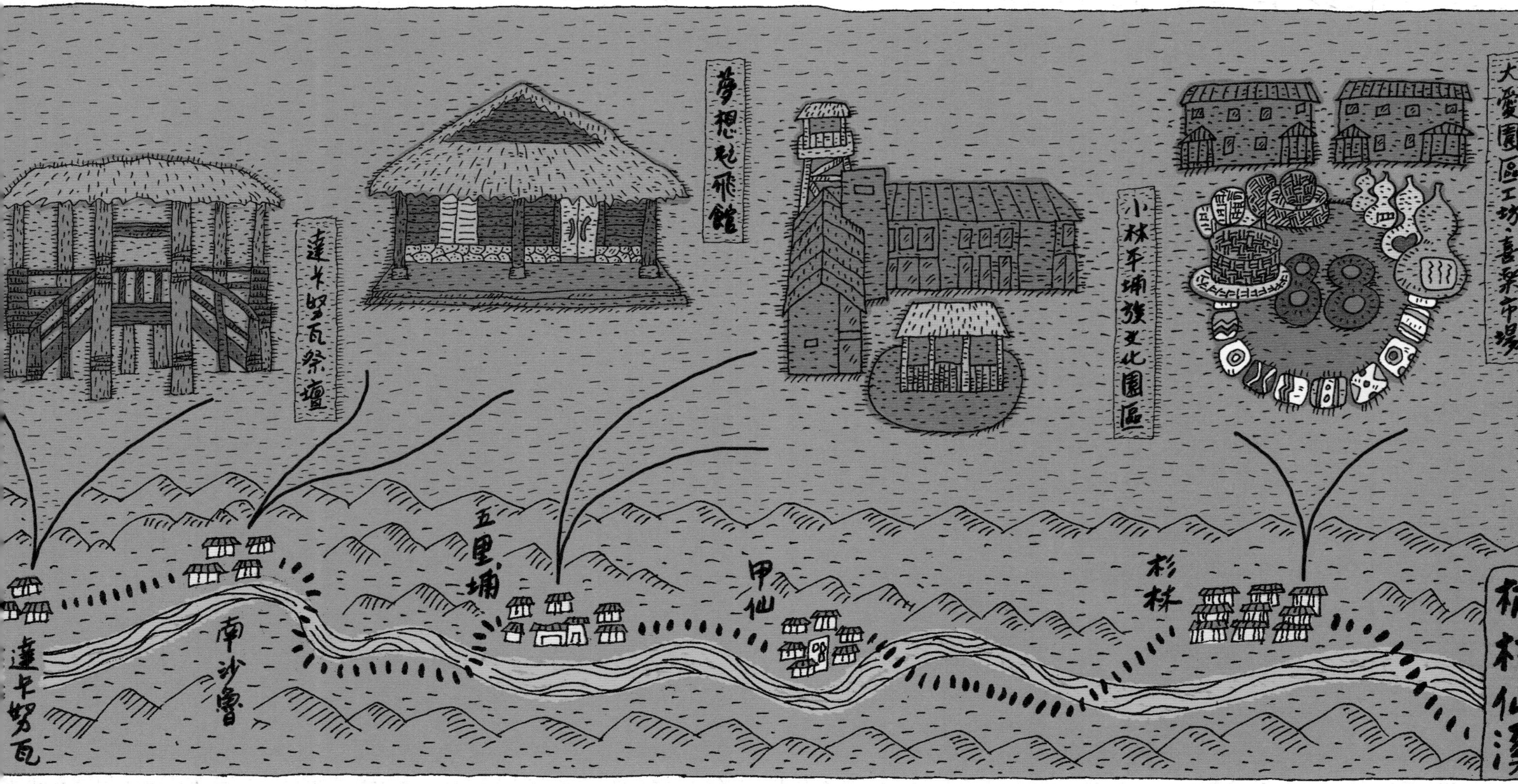
大愛園區工坊．喜樂市場
小林平埔族文化園區
夢想起飛館
達卡努瓦祭壇
楠梓仙溪
杉林
甲仙
五里埔
南沙魯
達卡努瓦

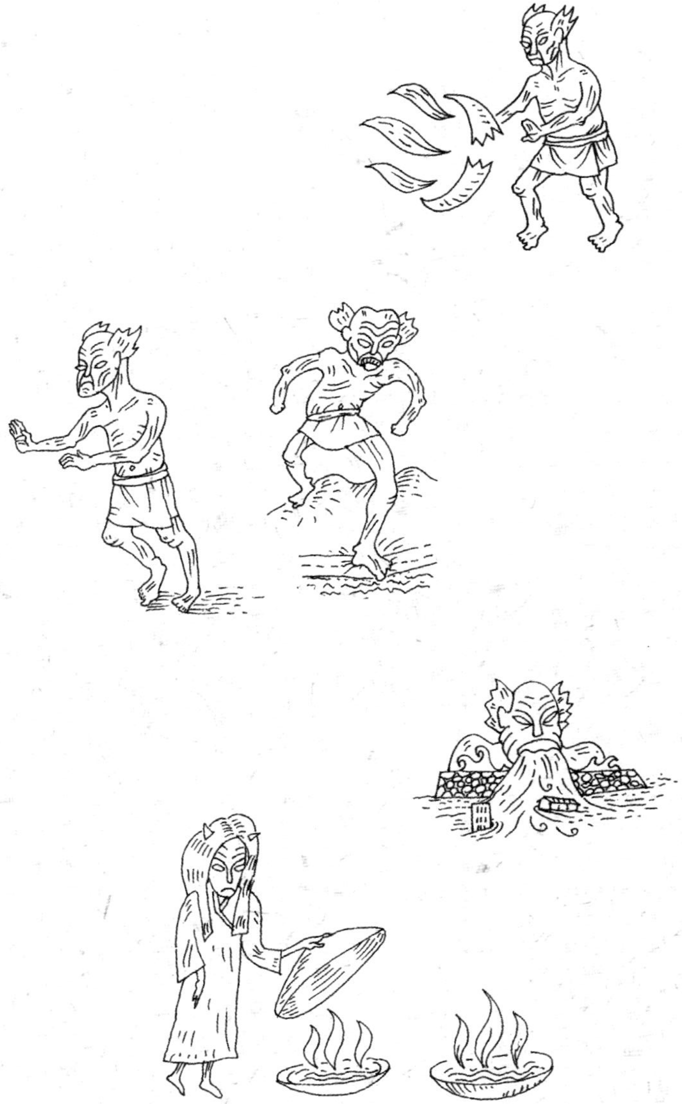

插圖◆林建志

在彰化八卦山山仔腳誕生。生命的三分之一投入NGO，三分之一畫畫搞創意，三分之一在作夢。現時居住台南，專於繪圖設計工作。

攝影◆盧昱瑞

盧昱瑞，高雄人，是紀錄片工作者，但也喜歡四處拍照。近年來耽溺於用影像來紀錄高雄海邊形色生活人文面貌。

美術編輯◆黃裘文

一九八三年出生於彰化，現為自由設計師。平日關注設計、建築與文化，閒暇書寫。

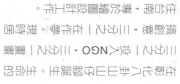

有詩同行——莫拉克風災文化重建詩集

本詩集由「高雄市莫拉克風災民間捐款專戶補助」

文　　字｜李魁賢、李昌憲、郭漢辰、高玉蕊、利玉芳、莊金國、鄭烱明、李友煌、涂妙沂、小城綾子、藍淑貞、喜菡、張德本、王希成、陳秋白、鄭順聰、潘弘輝、汪啓疆、方耀乾、謝一麟、林芷琪（按目次順序）
攝　　影｜盧昱瑞
地　　圖｜林建志

出 版 者｜高雄市政府文化局
發 行 人｜史哲
企劃督導｜劉秀梅、郭添貴、潘政儀、陳美英、林冠宇
行政企劃｜林美秀、陳媖如
地　　址｜802 高雄市苓雅區五福一路67號
電　　話｜07-2225136　傳真｜07-2288814
網　　址｜www.khcc.gov.tw

編輯承製｜印刻文學生活雜誌出版有限公司
總 編 輯｜初安民
編輯企劃｜田運良、林瑩華
視覺設計｜黃裴文
地　　址｜235 新北市中和區中正路800號13樓之3
電　　話｜02-22281626　傳真｜02-22281598
網　　站｜www.sudu.cc

總 經 銷｜成陽出版股份有限公司
電　　話｜03-35890000　傳真｜03-3556521
郵政劃撥｜19000691 成陽出版股份有限公司

共同出版　高雄市政府文化局 Bureau of Cultural Affairs Kaohsiung City Government　INK 印刻文學生活誌

初版一刷 2012年7月
定價 280元
ISBN 978-986-03-2952-0
GPN 1010101315
版權所有 · 翻印必究

國家圖書館出版品預行編目資料

有詩同行：莫拉克風災文化重建詩集 / 李魁賢, 鄭烱明等文字.
-- 初版. -- 高雄市：高市文化局, 2012.07
面；　公分
ISBN 978-986-03-2952-0（平裝）

831.86
101012257